다시 한번, 밀레니엄

dot.9

이민섭

다시 한번, 밀레니엄

아작

toc.

이 책은 '제2차 리부트 워(Reboot War II)' 당시 일반인들이 겪었던 내용을 토대로 만들어졌으나 극적인 재미를 위해 사실과 약간 다른 묘사가 포함되어 있습니다.

작품 내에서 사용한 인물들의 이름은 본인을 유추할 수 없게 변경한 것이며 특수제품들의 작동 방식 등도 보안등급에 따른 핵심정보 유출을 막기 위해 간단히 묘사하였습니다.

시간관리국은 확정역사를 바꾸려는 이들의 위협으로부터 신성한 타임라인을 지켜냈습니다. 자신의 안녕보다 우주의 질서를 중시하는 자세 덕분이겠지요. 하지만 그 때문에 우리 직원들은 모든 사안에 거시적인 관점으로 접근하고 개개인의 감정을 무시하는 경향이 있습니다. 이 작품은 리부트 워가 벌어졌을 때 평범한 사람들이 그 시기를 어떻게 바라보았는지 살필 좋은 기회가 될 것입니다.

― 미느세브

프롤로그

"누구신데 여기 계신 거죠?"

인수가 집으로 들어온 것은 밤 11시쯤이었다. 아무리 작업실 용도로 사용하는 곳이라고 해도 어시스턴트가 이미 퇴근한 시간에 손님이 있을 리 없었다. 당당히 서 있는 그 모습이 도둑 같지는 않았다. 남자는 거실 한가운데에 당당히 서 있었기 때문이다.

"법무법인 한아에서 나왔습니다. 김인수 작가님 맞으시죠?"

"아니. 그래서 왜 여기에 계시냐고요. 누가 문을 열어줬어요?"

인수는 불쾌감을 표시하며 남자를 다그쳤다. 어떻게 보면 집을 침입당한 사람의 자연스러운 항의로 보였지만 이 남자는 그렇게 생각하지 않는 듯했다.

"작가님께서 2029년에 발표하신 웹툰〈우주바람〉에서 주인공들이 사용하는 장비들이 멋지더군요. 여기에 대한 아이디어를 어디서 얻으셨는지 궁금합니다. 설정들이 꽤 디테일하던데요?"

"어렸을 때부터 상상해왔으니까요. 자라면서 계속 이것저것 살을 붙이다 보니 좀 리얼해진 거죠. 혹시 그거 때문에 오신 겁니까?"

인수는 실제로 찔리는 것이 있는지 남자의 질문에 곧이곧대로 대답을 했다. 분명 막 대화를 시작했을 때는 인수가 남자를 추궁하는 느낌이었는데 이제는 반대 상황이 되었다.

"작년 연재분에 나온 개인용 대여 우주선의 기동 방식은 어떤 자료를 참고하셨죠? 다른 작품들에서는 못 봤던 개념이었어요."

"혹시… 비슷한 장비가 개발 되었는데 제 만화를 본 그 회사 직원들이 변호사님들께 의뢰한 건가요?"

인수가 걱정스러운 듯이 남자에게 물었다.

"네. 뭐 그런 설정이었는데… 작가님 반응을 보니까 이런 연극은 그만해도 될 것 같네요."

"무슨 뜻이죠?"

남자가 씨익 웃었다.

"김인수 씨, 1989년 7월 1일생로 되어 있네요. 어디서 태어나셨죠?"

"성옥산부인과였습니다."

"저는 지역을 물어본 건데요. 보통 어느 산부인과에서 태어났는지 외우고 다니나요?"

인수는 당황한 듯 시선을 피하며 변명을 했다.

"아…, 병원이 집 근처여서 어렸을 때도 자주 봐서 기억합니다."

남자가 허리춤에서 세모난 핸드폰 형태의 기계를 꺼낸 뒤 마치 무전기처럼 입을 갖다 댔다.

"여기는 시간관리국 대한민국지부 21세기 얼리담당 한서주입니다. 플래시백 요청합니다. 대한민국 시각 1989년 7월 1일 23시 59분. 대상 범위 성옥산부인과. 아이디 태그 181델타 김인수가 태어났는지 확인 부탁드립니다."

서주가 들고 있는 기계에서 답신이 왔다.

"플래시백 완료. 확인자 박여진. 1989년 7월 1일 태어난 아이 중에 김인수는 없습니다. 확인 영상 전송합니다."

기계의 중앙부분에서 홀로그램이 나오더니 실제 1989년 7월 1일의 모습을 고화질 캠코더로 녹화한 듯한 영상이 재생되었다. 영상은 병원의 전경과 호실 입구. 그리고 회복실 등을 비춰주었다. 어디에도 김인수라는 이름은 보이지 않았다.

"아이디 태그가 겹치는 사람은요?"

박여진 요원이 즉시 답했다.

"181델타와 중복되는 태그도 없습니다."

서주는 손목에 찬 자신의 기계, 일명 타임헤르메스를 인수에게 겨눴다.

"김인수 씨, 당신을 미래특허침해죄로 체포합니다. 또한 당신은 불법 시간 이동에 대한 혐의도 받고 있음을 고지합니다."

"뭐였어요? 그 김인수란 사람."

박여진이 사무실로 돌아온 서주에게 물었다.

"시간 이동을 한 건 아니었고 기억만 과거로 보

낸 거였어."

"그럼 타임슬립? 뭘 매개로 했대요?"

서주가 고개를 저었다.

"글쎄? 그건 조사팀이 미래에서 증명하겠지. 우리가 할 일은 끝났어."

"저라면 궁금해서 직접 추적해볼 텐데. 선배는 역시 원칙주의자라니까!"

'시간관리국 21세기 얼리 대한민국 지부'는 현장팀, 조사팀, 관리팀. 이렇게 세 부서로 구성되어 있다. 한서주가 속한 현장팀에는 미래에 대한 실질적인 정보들이 공유되지 않는다. 조사팀은 미래에서 파견 온 사람들로 구성되었고 관리팀은 타임패러독스 등에 영향을 받지 않도록 '시간의 틈'에 있는 최상급 보안등급의 존재들이다. 그에 비해 현장팀은 현지 시간에 사는 사람들로 이루어진 형태로 업무에 필요한 아주 기본적인 정보와 기술만을 제공받는다. 일종의 용역인 셈이다.

"선배는 학창 시절에 타임헤르메스를 몰래 쓸 수 있었어도 절대 커닝 안 했을 것 같아요."

"당연하지. 그 사소한 걸로도 이후의 역사가 바

뀔 텐데….”

"절대평가면요? 피해 보는 사람도 없는데.”

"피해 보는 사람이 왜 없어? 절대평가로 점수 내고 결국 줄 세울 텐데.”

"우리가 애들 쪽지 시험까지 추적할 수 있을까요? 주식이야으로 실시간 상황이 바뀌니 바로 포착 가능하지만 기록에 남지 않는 거는 감지하기도 어려운 거 뻔히 아시면서….”

서주가 한숨을 쉬었다.

"원래 무연고자로 사망할 운명이었는데 이렇게라도 인생의 의미를 만들어준 시간관리국에 감사해야지.”

꼰대 같은 소리에 여진이 화제를 돌렸다.

"아! 맞다. 1372번 관리팀에서 미느세브가 선배 찾았어요. 좌표 설정해서 문 열어놓을 테니 아무 때나 들어오라고 하더라고요.”

서주는 최근 잘못한 일이 있었는지 생각해보았다. 관리팀에서 현장팀을 콕 집어서 호출하는 것은 굉장히 이례적인 일이었다.

쿵. 1372라는 숫자를 입력하고 시간의 틈에 들어온 한서주는 즉시 문을 닫았다. 이곳에서 문을 닫는 행위에는 큰 의미가 있다. 한서주의 존재가 온전히 시간의 틈새에 속하게 되었다는 뜻으로, 이제부터는 시공간의 흐름이 달라져 역사가 변화하더라도 아무런 영향을 받지 않는다. 눈앞에 우주복을 연상시키는 특이한 형태의 옷을 입은 시간의 틈 관리자 미느세브와 혀느세브가 보였다.

"미느세브, 저를 찾았다고 들었습니다."

"기억에 없는데… 혹시 어디서 왔죠?"

"2032년에서 온 21세기 얼리, 대한민국 지부 현장팀 한서주 요원입니다."

"제가요? 잠시만요. 혀느세브 네가 호출했어?"

"아니, 기억에 없는데?"

"우리는 안 불렀는데요? 왜 오신 거죠?"

"동료 요원이 저를 지정해서 호출했다고…."

미느세브와 혀느세브도 서주만큼이나 당황한 듯했다.

"따로 부르는 거였으면 타임헤르메스를 썼겠죠."

"그러네요…."

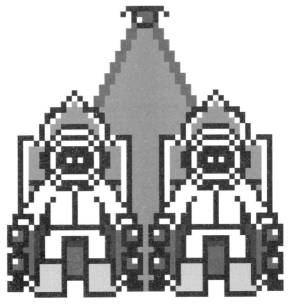

안 그래도 자연발생 소리가 없는 시간의 틈이 더욱 고요해졌다. 어색한 분위기를 참을 수 없었는지 미느세브가 아무 말이나 내뱉었다.

"온 김에 게임이나 한 판 하고 갈래요? 여긴 어차피 시간 안 가니까. 눈치 보지 말고 즐겨요."

서주가 무슨 답변을 해야 할지 고민하던 그 순간, 삐이이— 세 명 모두의 타임헤르메스에서 시끄러운 알림음이 울려 퍼졌다. 서주는 센서에 적힌 문구를 확인했다.

그리니치 표준시각 2032년 5월 19일 화요일 13시 43분, 플래시백 가동 확인.
대상 범위: 지구 전체

1

새천년이 다시 왔다!

현기는 인생의 목표 달성을 앞두고 있었다. 그를 따르는 열 명의 임원들과 함께 회의실로 향했다. 보안직원들도 상황을 파악한 듯 입구를 막지 않았다. 현기가 문을 열고 들어가자 대표 자리에 앉아 있던 지태가 인상을 찌푸렸다.

"정현기, 이거 결국 아버지 복수인거지? 너무 진부한데?"

"뭐 시작은 그랬지. 하지만 난 이곳에 대주주 자격으로 온 거야."

현기는 자신을 따라온 임원들의 얼굴을 바라보

았다.

"이 방에 들어올 자격을 갖추기 위해 모두 큰 거하나씩은 희생했어. 누군가는 건강을 포기했고, 누구는 인간 관계를, 어떤 사람은 가족을 버린 가장이라는 욕까지 먹으면서 여기까지 올라왔지. 그런데 아무런 대가도 없이 부모 잘 만나 이 자리에 앉아 있는 사람이 있네? 난 그 사람을 끌어 내리러 온거야."

실제로 현기의 뒤에 서 있던 임원들의 눈엔 독기가 가득했다. 성공이라는 하나의 목표를 위해 개인의 인생을 바친 것과 다름없던 사람들이었다. 그리고 그건 현기도 마찬가지였다.

지태의 아버지 오 회장과 현기의 아버지는 절친한 친구였다. 자연스럽게 그 아들들도 죽마고우로지냈다. 하지만 현기의 아버지가 개발한 제품을 지태의 아버지가 자신의 이름으로 특허등록을 하면서 모든 것이 꼬였다. 아버지들의 대립은 대물림되었다. 누구보다도 친하게 지냈던 둘이었지만 아버지들의 문제로 인해 서먹한 사이가 되었다. 세월이 흘러 어른이 된 지태가 대표 자리를 이어받자 현기의 마음에 적의가 강하게 자리 잡았다.

"방 빼! 이 새끼야."

지난 32년 동안 계속 기다려왔던 그 복수의 순간, 현기는 마냥 달콤할 줄 알았다. 그런데 지태는 의외로 순순히 자리에서 물러났다. 저항이라도 했으면 좀 더 기분이 좋았을까? 현기는 통쾌함보다 허무함을 느꼈다.

그날 밤, 현기는 아버지를 찾았다. 한 가구가 겨우 살 수 있는 정도의 임대아파트였다. 몸이 불편한 현기의 아버지는 그 작은 아파트마저도 거실 한구석만 좁게 쓰는 처지였다. 몸이 느려지자 자연스럽게 말도 느려졌다. 현기는 그 말 많던 수다쟁이 아버지는 어디로 갔나 생각하며 씁쓸해했다.

"지태 자식. 회사에서 내쫓아버렸어요. 이제 오성 스타즈는 제 거나 마찬가지예요."

"그, 그래⋯. 잘했다."

"아버지. 조금만 더 기뻐해주시면 안 돼요?"

현기는 서운한 마음이 들었다. 자신의 젊음을 오지태 일가에 복수하는 데 사용했는데. 아버지는 이

젠 어떻게 돼도 상관없다는 듯한 반응이었다.

"네가 잘 된 걸 축하하는 거야. 나는 이제 오성에는 미련 없다⋯."

아버지가 몸을 일으켰다.

"온 김에 나 목욕 좀 하게 도와다오."

현기는 아버지가 늙었다는 것이 실감 나 더욱 서글퍼졌다. 어렸을 때 목욕탕에 가면 아버지가 현기의 등을 밀어주었는데 이제는 불가능한 일이 되어버렸다.

현기가 집에 돌아와보니 아내 주명이 보이지 않았다. 아침에 주명이 20대 때 연재했던 만화의 캐릭터 이미지를 유명 패션업체에 판매하는 계약을 하러 간다고 말했던 것이 기억났다. 주명의 만화는 연재 당시에는 인기가 없었다. 게다가 그 당시는 출판만화로 돈을 벌기 힘든 시절이었다. 도서 대여점과 불법 스캔본의 영향이 컸다. 그러다 얼마 전 주명의 만화 스캔본에서 발췌된 몇 장의 이미지가 '밈'이 되어 인터넷에 돌아다녔다. 뒤늦게 인기를 얻은 주명의 만화는 중고책 가격이 30배 넘게 뛰었다. 또한 밈을 활용한 마케팅을 위해 여기저기서 주명을 찾았다. 스캔본 때문에 망하고 스캔본 덕분에 부활한 것이다. 10년 전까지는 학습만화라도 그렸으나 이제는 완전히 가정주부가 되어버린 주명에게 지금의 상황은 신나는 이벤트인 셈이었다.

며칠 전 현기가 주명에게 운을 뗐다. 지금이라도 다시 시작해보지 않겠냐고. 주명이 가정주부라고는 하지만 딱히 몰입할 만한 일이 많진 않아 걱정이었다. 현기 본인은 대부분의 시간을 회사에서 보냈다. 아버지도 따로 살고 계시고, 아들 진호도 불의의 사고로 세상을 떠났으니 아내만 집에서 방치되고 있는 게 아닌가 하는 생각이 들었다. 주명이 티를 낸 적은 없었지만 우울증이라도 생기지 않을까 걱정도 되었다. 때마침 상황이 좋아졌으니 주명이 새로 열정을 쏟을 기회처럼 보였다.

하지만 주명으로부터 들은 대답은 뜻밖이었다. 이제 손이 굳어서 힘들다는 것이었다. 물론 다시 시작하면 언젠가는 예전의 실력을 되찾을 수도 있다. 하지만 거기까지 가기 위한 에너지가 없다고 했다. 현재의 삶도 나름 만족스럽기 때문에 열심히 작품활동을 하겠다는 간절함이 없어진 상황이었다. 젊었을 때의 자세라면 분명 지금의 기회를 살려 열정적으로 움직였을 텐데….

이는 주명뿐만 아니라 현기에게도 곧 찾아올 감정이기도 했다. 인생의 목표라고 생각했던 복수를 이뤄버린 지금, 무엇을 바라보며 살아야 하는 걸까? 현기는 커피를 타서 테라스로 나왔다. 분명 커피믹스인데 씁쓸한 맛이 느껴졌다. 밤하늘을 바라보았다. 유독 별들이 많이 보였다. 파란색에 가까운 하늘이었다. 마치 어린 시절에 봤던 하늘 같았다. 현기가 마지막으로 본 파란 밤하늘이 언제였는지 생각하고 있을 때, 하늘이 조금 더 밝아졌다. 잘못 본 것이 아니었다. 이제는 밤하늘이 정말 하늘색으로 보였다. 이게 어떻게 된 일인가 생각하고 있을 때 하늘빛이 마치 조명이라도 비춘 것처럼 새하얘졌다.

너무 밝은 빛 때문에 현기는 눈을 감을 수밖에 없었다. 광량이 안정되어 그가 다시 눈을 떴을 때, 너무 믿을 수 없고 황당한 광경에 인지부조화가 왔다. 현기는 분명 좀 전까지 테라스에 서 있었는데 지금은 의자에 앉아 있었다. 게다가 지금 그는 실내, 그것도 초등학교 교실에 있었다. 반 구성원은 40명을 살짝 넘었다. 요즘 초등학교치고는 상당히 많은 숫자였다. 그런데 현기뿐만 아니라 옆자리에 있는 초등학생들도 당황한 표정이었다. 다들 동시에 순간이동이라도 한 것 같았다. 현기가 다시 생각해보니 이건 단순한 순간이동이 아니었다. 이곳은 현기가 어렸을 때 다녔던 초등학교 교실이었다. 선생님 앞에 놓인 OHP 필름 영사기 덕분에 알아차렸다. 교실 뒤에는 당시의 도서들로 책장이 꾸며져 있었다. 그 뜻은 지금은 과거이며 옆자리에 있는 이 꼬마들은 현기의 동창이라는 것이 된다. 대부분의 학생들이 마치 약속이라도 한 것처럼 동시에 자리에서 벌떡 일어났다. 거울로 달려가 자신의 얼굴을 확인하는 아이도 있었고, 비명을 지르는 친구도 있었다. 아수라장 속에서 현기가 짝꿍의 얼굴을 유심히 살폈다.

"너 이름이 뭐였더라?"

"나 여순성. 너는… 그… 그… 정현기! 맞지?"

"아, 순성이! 저기… 너도 미래에서 왔어?"

드라마에서 본 것 같은 오그라들고 비현실적인

© LEE SU JUNG

대사였지만 이렇게 물어볼 수밖에 없었다.

"어. 2032년….'

"똑같네, 나랑…. 다들 똑같아? 32년?"

현기는 옆 분단 친구에게도 물었다. 다들 똑같은 날짜, 똑같은 순간에 갑작스럽게 과거로 이동한 것 같았다. 그런데 유독 반응이 다른 사람이 두 명 있었다. 선생님과 1분단에 있는 친구였다.

"너희들 갑자기 왜 그래?"

"애들아, 뭐 하는 거야? 지금?"

현기는 선생님의 성함을 떠올리려 했지만 바로 생각이 나지 않았다. 그래도 1분단 친구는 얼굴을 보니 곧 기억이 났다. 아마도 하나라는 이름이었다. 아무튼 이 둘은 지금의 이상한 상황에 대해 모르는 눈치였다. 일부 학생들이 교실 밖으로 나가기 시작했다. 초등학생이 핸드폰을 가지고 있을 리 없는 때였다. 이탈자들이 먼저 학교를 벗어난 것은 지인들과 연락해 상황을 파악하기 위해서일 것이다. 현기는 교과서의 앞부분을 살폈다. 말하기·듣기·쓰기 4학년 1학기. 어째서 듣기·말하기·쓰기가 아니었을까 생각이 들었지만 이게 중요한 건 아니다. 나이를 계산해보니 지금은 2000년이 분명했다.

　이쪽 교실만의 문제는 아닌지 복도가 아니 학교 전체가 소란스러워졌다. 옆 반 선생님이 달려들어 왔다.
　"상천 선생님, 선생님은 어디서 오셨어요?"
　"아니, 박 선생님. 내가 어디서 오긴 와?"
　"미래 기억이 안 나시는 거예요? 아… 혹시….."
　"다들 왜 그러는 거야? 알기 쉽게 얘기 좀 해봐."
　박 선생님은 뜸을 들이며 혼잣말을 했다.
　"그사이에 돌아가신 분들은 해당이 안 되는 건가."
　"뭐? 이 사람이 지금 미쳤나?"
　"지금 이 학생들도 다 미래에서 온 걸 겁니다. 저처럼… 학생들 맞죠?"
　그러고 보니 담임선생님의 소식은 몰랐지만 하나가 죽었다는 이야기는 들은 적이 있었다. 현기는 자신이 왜 장례식에 가지 못했는지 생각해봤지만 기억이 나지 않았다. 그래도 한 가지는 확실했다. 2032년에 살아 있지 않은 사람들은 미래에 일어날 일에 대한 기억이 없는 것이다.
　"나도 집으로 갈래!"

순성이 교실 밖으로 달려 나갔다. 지금 같은 상황에는 학교에 있을 필요가 없었다. 현기도 본능적으로 자신의 책가방을 챙겨 복도로 나갔다. 아직 실내화 차림이었다. 현기는 신발주머니를 꺼내 신발로 갈아 신고 교문을 나섰다.

분명 엄청 혼란스러운 상황이었으나 몸은 가벼웠다. 나이가 어려졌으니 당연했다. 현기는 주위를 살피며 집으로 향했다. 거리에는 상황 파악이 안 된 사람들로 가득했다. 한 아주머니는 아마도 어른의 정신이 들어간 세 살 아기와 손짓으로 대화를 시도하고 있었으며 어떤 사람은 달릴 수 있다는 것이 신나는 듯 환호했다. 또 누군가는 이 일이 엄청난 재난 상황이라도 되는 양 울부짖었다. 확실히 재난은 재난이었다. 다만 누군가에게는 엄청난 기회가 될 수도 있는 재난. 정말 모두가 2000년으로 돌아온 거라면…. 현기는 가족들이 앞으로 겪어야 했을 고통을 피할 수도 있지 않을까 싶었다. 지금이 정확히 언제지? 핸드폰이 없으니 알 수 없었다. 반팔을 입고 있으니 여름인 것 같은데. 현기는 가방을 열어 알림장을 살펴보았다. 마지막 페이지로 유추해 봤을 때 오늘은 2000년 5월 20일 토요일이었다. 새삼 토요일도 쉬는 날이 아니었다는 것이 체감되었다. 현기는 공중전화로 향했다. 가지고 있는 돈이 하나도 없던 현기는 수신자부담 콜렉트콜로 집에 전화를 걸었다. 제발 받아야 되는데….

"여보세요?"

"아버지! 저예요. 현기!"

"목소리가 왜 그래?"

삑! 잠시 수신자에게 통화 선택권이 넘어갔다. 대기 시간은 찰나였지만 현기에게는 훨씬 길게 느껴졌다. 이윽고 아버지와 다시 연결되었다.

"현기야, 이거 무슨 일이냐?!"

"지금 아신 거예요?"

"몸이 엄청 가뿐해!"

"주변 좀 둘러보세요. 몸만 바뀐 게 아니에요!"

"이게 뭐냐. 대체! 꿈인가?"

아버지는 아까 현기가 욕실에서 등을 밀어준 뒤에 바로 잠이 들어 이제야 상황을 파악했던 것이다. 현기는 아버지에게 오 회장에게 제품 디자인을 넘긴

게 언제였는지 물었다.

"가만있자… 그게… 잠깐 달력 좀… 아! 어제야! 5월 19일! 발명의 날에 내가 발명품을 보내준다고 말했어서 똑똑히 기억하고 있었다."

"이런… 오 회장이 특허 출원을 바로 했을까요?"

"일단 바로 오성스타즈로 가자! 너 어디냐? 빨리 집으로 오거라."

현기는 아파트를 향해 달리며 그리운 풍경을 많이 보았다. 어린 시절의 아지트를 지나가며 순간적으로 뭉클해졌지만 지금은 감상에 젖어 있을 때가 아니었다. 복수의 끝에는 허무함만 남았다. 그리고 그 과정에서 많은 것들을 잃었다. 그럼 애초에 복수할 일이 생기지 않으면 될 일이다. 지금이라면 가능하다. 현기가 집 앞으로 도착하니 아버지가 이미 내려와 차를 찾고 있었다.

"찾아봐라, 차 번호가… 그래, 2704!"

땀을 뻘뻘 흘리며 움직이는 아버지의 모습을 본 것이 얼마 만인가. 아니 그것보다 저렇게 주름 없이 깔끔한 얼굴 자체도 반가웠다. 아버지가 이때는 정말 젊었구나. 현기가 이런 생각들을 하고 있을 때 아버지가 차량을 찾아 키를 넣었다. 현기 역시 자연스럽게 조수석으로 향했다. 문을 열고 탑승하려는데 다리를 생각보다 많이 올려야 했다. 어린이의 몸으로는 불편한 것이 많았다. 안전벨트를 채우는 것조차 까다로웠다. 현기가 한숨을 쉬자 아버지도 한숨을 쉬었다. 둘이 눈을 마주쳤다.

"스틱 어떻게 운전하더라…."

"그러고 보니… 내비게이션도 없는데. 가실 수 있으세요?"

"내리자."

현기와 아버지는 지하철역을 향해 달렸다. 하지만 지하철역의 상황 역시 좋지 않았다. 대부분의 직원들은 도망간 상태였으며 얼마 남지 않은 관리자들도 조작 방법을 다 잊어버려 허둥대고 있었다. 이런 아비규환 속에서 승차권을 뽑을 수 없자 개찰구를 뛰어넘어 가는 승객들도 보였다. 하지만 이런 상황이라면 지하철 운행 자체가 불가능할 것이었다.

"이게 마지막 수단이다."

집에 돌아온 아버지는 창고에서 자전거를 꺼냈다. 현기에게는 안 좋은 추억이 있는 자전거였다. 정확히 말하자면 현기의 아들, 진호에게 안 좋은 일이 있었다. 이 물건은 2000년에도 구형이었으니 미래에는 더더욱 빈티지 자전거였다. 현기의 아버지는 자전거가 망가져도 어떻게 해서든 고쳐내 계속 타고 다녔다.

진호가 유치원에 다닐 때였다. 그날따라 현기와 주명 모두 집에 없었다. 집을 봐주러 온 아버지는 요즘 애들도 옛날 자전거를 타보는 경험을 해야 한다며 진호를 자전거 뒷자리에 태우고 공원을 돌았다. 하필이면 이때 진호의 다리가 체인에 끼었다. 현기는 안전장치도 없는 자전거에 손자를 태웠다며 아버지에게 화를 냈다. 아버지는 그저 미안하다는 말밖에 할 수 없었다.

오랜 시간이 흘러 진호의 시신을 염하던 그날. 진호의 다리 흉터 자국이 눈에 띄었다. 어렸을 때 생겼던 바로 그 흉터였다. 현기는 아들을 잃어 슬퍼하던 그 와중에 문득 자기가 아버지에게 너무했었다는 생각이 들었다.

다시 현재로 아니 과거로 돌아와서, 현기는 그 자전거 뒷자리만큼은 탈 생각이 없었다. 킥보드와 롤러블레이드 중에 고민하다가 롤러블레이드를 골랐다. 롤러블레이드가 더 기동성이 있을 것 같았다. 현기 부자는 각각 자전거와 롤러블레이드를 타고 달렸다. 열심히 페달을 밟는 아버지의 뒷모습에서 간절함이 느껴졌다. 현기에게는 분명 자전거를 탄 아버지의 등을 본 기억이 없었으나 어째서인지 추억을 느꼈다. 아마 아주 어린 시절에 본 장면이라 성인이 된 현기는 그 모습을 기억하지 못했고, 지금은 어린 몸으로 돌아왔기에 자연스럽게 떠올리게 된 것이리라.

시내에 들어서서 상황을 보니 차를 타지 않겠다고 판단한 것은 좋은 선택이었다. 차에 타고 있던 대부분의 사람들은 이 알 수 없는 현상에 어쩔 줄 몰라하며 탑승 중이던 차에서 내렸다. 어떤 버스는 과거로 돌아온 기사가 놀랐던 것인지 건물에 들이박은 채로 서 있었다. 이런 일들이 겹치면서 도로가 꽉 막혀버린 것이다.

현기와 아버지는 이 이변 속에서 가장 이성적인 편에 속했다. 어째서 이런 일이 생겼는지는 모르지

© LEE SU JUNG

만, 두 사람은 이 상황이 이어질 것을 가정하고 행동했다. 다음 날 다시 눈을 뜨면 원래대로 돌아갈 수도 있었다. 만약 그렇게 된다면 최소한 이 두 명은 안도보다는 허무함을 느끼겠지만 그건 그때 가서 좌절할 일이다. 현기와 아버지는 '오 회장이 특허등록을 못 하게 하는 것'이 지금 할 수 있는 최고의 움직임이라고 판단했다. 현기는 자전거 페달을 밟는 아버지의 표정을 유심히 보았다. 이렇게 열정적인 아버지의 얼굴이 신기했다. 비록 자신은 어려졌지만 아버지의 생동감 넘치는 모습을 봐서 좋았다.

다른 사람들은 분명 긍정적인 상황만은 아닐 것이다. 현기의 눈에 자식들의 이름을 되뇌며 울부짖는 사람들이 들어왔다. 2000년 이후에 태어난 아이가 있던 가족들은 어떻게 된 걸까? 그 아이들은 태어나지도 못하게 되는 걸까? 아들 진호가 세상을 떠난 것은 슬프고 끔찍한 일이지만 2000년으로 돌아온 지금, 적어도 현기가 신경 써야 할 부분이 하나 줄어든 것도 사실이었다.

아버지가 자전거를 건물 사이에 댔다. 현기도 백

팩에서 신발을 꺼내 갈아 신었다.

"여기 어디쯤이었는데…."

대략적인 위치는 당연히 알고 있었지만 도로의 상황과 건축물들의 외관이 달라졌기에 오성스타즈의 정확한 장소가 헷갈렸다. 그도 그럴 것이 당시의 오성스타즈 본사는 복합건물의 한 개 층만 임대해서 사용하고 있었다. 게다가 그 건물은 현재 철거되어 새 빌딩이 들어선 상태였다. 현기와 아버지는 잠시 방황하다 세 번째로 들어간 건물이 오성스타즈가 입주해 있는 곳임을 확인했다. 5층이 바로 오성스타즈. 그런데 엘리베이터가 계속 4층에 멈춰 있었다. 현기는 이 기회에 바닥에 앉아 한숨 돌리려 했지만 아버지가 바로 계단을 향해 달리는 통에 따라 일어날 수밖에 없었다.

불과 몇 시간 전만 해도 오성에 대한 복수를 다 내려놓았던 아버지가 맞나 싶었다. 몸이 괜찮아지니 마음도 달라졌다. 지금의 현기 아버지는 나이를 먹어가며 쌓은 지혜는 유지하면서도 젊은이 특유의 패기가 넘치는, 최고효율의 열정맨 상태였다. 현기는 계단을 세 칸씩 점프해 올라가는 아버지의 속도를 따라갈 수 없었다. 백팩이 무거운 것도 있었지만 다리가 짧은 탓이기도 했다. 10초 정도 늦게 5층에 올라가니 아버지가 멍하게 서 있었다. 현기가 주변을 둘러보았다. 다른 직원들은 온데간데없고, 자신처럼 어린 시절의 모습으로 돌아온 지태가 홀로 사무실을 지키고 있었다.

몇 시간 전이자 32년 뒤의 미래, 지태가 순순히 자리에서 물러난 것은 이 순간이 올 것을 늘 생각해 두고 있었기 때문이었다. 처음은 중학교 1학년 때였다. 당시로는 큰마음을 먹고 현기와 관계 회복을 위해 식사 자리를 마련했다. 자리라고 해봐야 분식집이었지만. 그래야 자연스러운 대화가 가능할 것 같았다. 지태는 어린 시절 함께했던 추억에 대해 이야기하면서 앞으로 중학교, 고등학교를 함께 다닐 날들을 상상해왔었는데 이제 불가능하다고 생각하니 슬프다며 지금이라도 예전으로 돌아갈 수 있는지 물었다. 하지만 현기가 헛소리하지 말라는 말을 남기고 나가버리자 지태는 눈물을 흘렸다. 사정을 모르는 사람이 지태를 보았다면 실연이라도 당한 것으로 생각했을 것이다.

하지만 그만큼 지태에게 현기는 소중한 사람이었다. 지태는 어린이 특유의 감수성으로 이후에 벌어질 수많은 '안 좋은 일'들에 대해 상상했다. 그 과정에서 현기가 자신에게 복수하는 장면도 떠올렸다. 마침내 32년이 지나 그 일이 실제로 벌어졌다. 비록 디테일은 많이 달랐지만 상황 자체는 여러 번 상상했던 것이기에 그냥 올 것이 왔다는 느낌 뿐이었다. 그리고 지금, 다시 2000년으로 돌아온 지태는 새롭게 찾아온 기회에 감사하며 옛 오성스타즈 사무실로 달려왔던 것이다.

"아저씨. 안녕하세요? 그리고… 오늘 또 보네?"

지태가 현기를 보며 쓸쓸히 웃었다.

"아빠는 벌써 특허 출원하러 간 것 같아."

현기의 아버지가 털썩 주저앉았다. 현기가 지태에게 다가가 물었다.

"방금 가신 거야? 아니면 처음부터 거기 계셨던 거야?"

이상한 질문이었지만 지태는 그 의도를 알아차렸다.

"원래 역사에서 이 시간대에는 거기 계셨던 걸 거야. 그래도 아빠는 살아 계시던 때에도 가끔씩 이 시절 일을 후회한다고 하셨으니까 이번엔 다른 선택을 하시지 않을까?"

"아니야. 2032년에 살아 있지 않았던 사람들은 타임슬립을 하지 않았어. 지금 있는 오 회장님은 원래의 2000년 오 회장님 그대로야."

현기는 잠시 생각하다가 절망하고 있는 아버지를 위로했다.

"특허등록도 아니고 출원이잖아요. 저희가 이의 제기할 시간 충분히 있어요."

아버지가 고개를 저었다.

"네가 이때는 어려서 잘 모를 거야…. 이 시절은 그냥 먼저 한 놈이 장땡인…."

"생각해보세요! 지금 그 담당자들도 미래에서 온 사람들이잖아요?"

아버지는 너무나도 자연스럽게 행정 처리를 할 사람들이 2000년의 사람들 그대로일 것이라 생각하고 있었다. 하지만 현기와 아버지는 타임슬립 영화에 나오는 유일한 주인공이 아니었다. 이건 모든 사람이 겪고 있는 공동의 재난 상황이었다.

"무슨 일인지 파악이 안 되고 있는데 나라 시스템이 제대로 돌아가고 있을까요?"

지태도 끼어들었다. 만약 다른 관공서들도 지하철과 같은 상태라면 오 회장이 특허출원을 했더라도 정상적으로 진행되지 않을 가능성이 컸다. 그것도 오 회장이 나쁜 마음을 먹었을 때의 경우였다. 현기 아버지의 입장에서 가장 좋은 상황은 애초에 오 회장이 자신의 제품 디자인으로 특허출원을 하지 않기로 선택하는 것이다. 하지만 그럴 확률은 낮았다. 오 회장은 2017년 세상을 떠났다. 현기가 알아낸 법칙대로라면 오 회장은 2032년에 살아 있지 않으므로 미래에 벌어질 일을 모른다. 그럼 오 회장의 선택은 동일할 확률이 높았다.

모두가 타임슬립해 오기 직전, 오 회장은 마지막 순간까지도 고민을 하고 있었다. 영호는 오성스타즈의 정식 직원이 아니다. 그저 친구의 입장에서 이런 걸 생각했는데 어떠냐는 제안을 한 것일 뿐이었다. 회장인 자신이 이것에 대한 권리를 가지고 있어야 제대로 사용할 수 있다. 그렇기 때문에 오성스타즈가 이 특허를 갖는 것이 가장 효율적이다. 영호한테는 나중에 잘 말해주고 그만큼 챙겨주면 된다. 하지만 상의도 없이 움직이면 분명 화낼 텐데…. 다른 사람들은 쉽게 납득할 수 없는 논리였지만, 오 회장은 진심으로 그렇게 생각했다.

서류를 제출하는 순간까지도 오 회장은 이제라도 접수를 철회해달라고 할까 고민했다. 바로 그때 미래 사람들의 기억이 2000년도로 들어왔다. 어떤 사람은 지금이 몇 년도냐며 소리를 질렀고 어떤 사람은 밖을 향해 달려 나갔다. 오 회장은 처음엔 별 미친 사람들이 다 있다고 생각했지만 너무 많은 사람들이 동시에 이상행동을 하는 것을 보고는 몇 년 전 유행하던 몰래카메라인가 하는 의심도 들었다.

이러한 난리통에 오 회장은 고민하던 것을 실행에 옮겼다. 횡설수설하는 직원이 들고 있던 서류를 회수해 품에 넣었다.

다른 큰 깨달음 때문도 아니고 그저 시끄러운 바깥 상황이 만든 변덕이었다. 하지만 이후 수십 년의 역사를 바꿔버릴 행동이기도 했다. 오 회장은 거리의 혼란스러운 상황을 목격하고는 바로 집으로 향했다. 혹시나 가족들도 미쳤으면 어떡하지 하는 생각에서였다. 다행히 거실에 누워 TV를 보던 어머니는 멀쩡하신 것 같았다. 어머니로부터 '손주가 갑자기 집에 들어오더니 회사로 달려갔다'는 말을 들은 오 회장은 다시 회사로 향했다. 학교에 있어야 할 지태가 왜 사무실로 간 것일까. 어머니가 보던 TV 뉴스 속보를 함께 시청했다면 상황 파악이 좀 더 빨랐겠지만 그럴 정신이 아니었다. 오 회장이 오성스타즈에 도착하니 지태뿐만 아니라 영호와 그의 아들 현기도 오 회장을 기다리고 있었다. 셋의 관심은 딱 하나였다. 특허는 어떻게 되었는가?

현기와 지태는 원래의 역사에서 특허등록 이후에 벌어진 일들을 오 회장에게 짧게 요약해주었다. 갑작스러운 정보들이 너무 많았지만 상황 자체는 믿을 수밖에 없었다. 이들의 말을 사실이라고 생각하는 것이 오늘 모두에게 일어난 이 기현상에 대해 설명할 수 있는 가설 중에서 가장 납득이 갔기 때문이다. 고민하던 오 회장이 입을 열었다.

"이번에는 너도 공동대표가 되어서 앞으로의 수익을 반반 나누는 거 어때?"

현기의 아버지가 코웃음을 쳤다.

"이게 원래 흘러갔어야 할 상황이고, 나는 이미 그렇지 못한 인생을 겪었는데 반씩 나누는 건 경우가 아니지! 이번에는 내가 훨씬 유리해야 돼! 9대 1!"

"나는 네가 겪은 인생을 기억도 못 하는데 내가 왜 그 책임을 덮어써?"

"그렇게 할 거였잖아!"

"근데 안 했잖아!"

오 회장과 현기의 아버지는 애들처럼 말다툼을 했다. 오 회장은 자기 생각에 대한 미안함은 표현했지만 아직 아무 일도 벌어지지 않았으며 자신은 미래에 대한 기억이 없는데 9대 1 분배는 너무하다는 입장이었고, 현기의 아버지는 지금까지 살아온 인생에 대한 보상으로 최소한 이 정도는 되어야 한다는 주장이었다. 둘 다 상대방의 상황 자체는 이해가 되었지만 그렇다고 현재의 자신이 피해를 보기도 싫었다. 오 회장은 어차피 새로 쓰이는 역사이니 협상을 원하면 하고, 하기 싫으면 배 째라는 식으로 나오기 시작했다. 대화는 길어졌다. 바깥세상은 난리통이고 아직 무슨 일인지 제대로 파악하지도 못했는데 시간을 너무 오래 끌 수도 없었다. 현기와 지태는 각자 자신의 아버지를 중재했다. 당장에 결론을 내릴 수 없으니 일단은 집으로 돌아가고 내일 각자의 입장을 정리한 후 다시 모이기로 했다.

　아파트로 돌아온 현기는 습관처럼 베란다로 나갔다. 그런데 왜 하필 2000년일까? 딱 1년만이라도 앞의 시간대로 돌아가는 거였다면 엄마까지 살았을 텐데… 하는 아쉬움이 들었다. 그리고 급한 상황 속에서 완전히 잊고 있었던 아내가 뒤늦게 생각났다. 주명 누나는 지금 어떤 상황에 있을까? 2000년에는 연락처조차 몰랐다. 주소가 달라지지 않은 것은 이 집뿐이었으므로 주명이 이곳에 스스로 찾아오기 전까지는 소통할 수도 없었다.

　미래의 핸드폰 번호를 이용해 찍어볼까 생각도 했다. 그러나 이 시기에 주명에게 핸드폰이 있었는지 확신할 수도 없었고, 국번이 011인지 016이었는지 혹은 017, 018, 019를 사용했을지 예측할 수 없었다. 가운데 숫자는 또 무슨 숫자를 떼어야 하는가. 경우의 수가 너무 많았다. 현기는 자신이 직접 연락해보는 것은 포기했다. 아마 주명도 자신에게 찾아온 새로운 기회와 싸우고 있을 것이다. 누구나 후회되는 과거는 있는 법이니까. 현기는 자연스럽게 담배를 찾았다. 주머니엔 아무것도 없었다. 아버지도 비흡연자라 담배가 없을 거라 생각한 현기는 따로 물어보지 않고 슈퍼로 나갔다.

슈퍼에는 동네 아이들이 모여 사장님과 실랑이하고 있었다. 딱 봐도 10대 초반으로 보이는 애들이 술 담배 판매를 요구하고 있었다.

"저희 원래 40대들인거 아시잖아요?"

사장님은 난처해했다. 머리로는 이들이 어른의 정신을 가지고 있는 것을 알아도, 일단 눈에 보이는 그들의 외모가 너무 어렸다.

"그건 알겠는데, 어린이들 담배 못 피게 하는 게 몸 때문인 건데 지금 일단 신체가 어린 거잖아? 안 돼."

"왜 반말이에요?"

"아니 원래도 너네한텐 잘만 반말했을 텐데, 기억 안나?"

"갑자기 이렇게 못 마시면 얼마나 힘든지 아시잖 아요?"

"맞아요. 지금은 술의 힘이라도 빌려야 되는 시기 인데…"

"안 돼. 팔 생각 없어! 돌아가!"

현기는 바로 집으로 돌아갔다. 아버지의 경우처 럼 이것 역시 정답은 없으므로 끝없는 논쟁이 예상 되기도 했고 사장님의 말에 바로 납득한 것도 있었 다. 미래의 나이가 중요한 것이 아니었다. 현기의 몸 은 아직 성장 중인 어린이였다. 마침 TV에서는 훗날 국장까지 올라가는 앵커가 상기된 얼굴로 뉴스를 진행 중이었다.

"국민 여러분께서도 많이 놀라셨을 것 같습니다. 저 역시 20여 년 만에 다시 방송을 진행하려니 쑥스 럽습니다. 정부의 긴급방침에 따라 모든 대한민국 국민들은 2000년 현재의 나이로 살아주시기를 바 랍니다. 당연히 이 시대에 하던 일들을 잊어버리신 분들도 있고 익숙하지 않으실 테지만 원래부터

2000년을 살아가시던 분들도 많이 계십니다. 우리 모두 서로 도와가면서 이 알 수 없는 재난을 극복해야 합니다."

통계청에서 나왔다는 젊은 공무원이 마이크를 이어받았다. 아마 미래에 한자리 차지했을 그 공무원은 대한민국의 경우엔 2000년부터 2032년까지의 사망자가 약 900만 명이었다면서 인구가 4600만 명인 현재 상황에서는 2000년의 기억을 가지고 있는 현지인들보다, 2032년의 기억을 가지고 타임슬립한 미래인들의 숫자가 더 많을 것으로 예상된다고 했다. 앵커는 먼저 세상을 떠나셨던 분들을 만날 수 있어 좋지만 2000년 이후에 새로 태어난 약 1천만 명의 국민들도 반드시 되찾아야 한다는 말로 진행을 마무리했다.

뉴스에 나온 대로라면 현기는 내일도 학교에 가야만 했다. 방으로 돌아가 시간표를 확인했다. 오래간만에 경험할 초등학교 4학년의 생활… 과학, 실험관찰, 읽기, 사회, 음악. 차례대로 교과서를 가방에 넣었다. 읽기 책을 열어 훑어보니 문학작품들의 지문이 신기하게도 기억이 났다. 음악 교과서에 들어간 곡들도 그 리듬이 자동적으로 연상되었다. 현기는 미래의 뇌가 이것을 기억하고 있는 것인지 아니면 어린이의 몸이니 그 기억조차 최근의 것이라 잊지 않은 것인지 궁금해졌다. 후자라고도 생각되었지만 그러면 짝꿍의 이름이 바로 기억이 나지 않는 것이 설명되지 않았다.

아무리 생각해도 자신이 기억하는 것들의 원천은 2000년이 아닌 2032년의 현기였다. 이것은 다른 사람들도 마찬가지일 터였다. 사람들이 동시에 타임슬립한 그 순간 모두 어찌할 바를 몰랐으니까. 현기가 자기 전에 본 심야방송에 의하면 산부인과에서는 갓난아기들이 울지 않고 조용히 몸을 움직이고 있다고 했다. 아버지의 둔했던 움직임이 젊어지자마자 빨라지고 말투도 젊은 느낌으로 변한 것처럼, 두뇌의 기능을 제대로 쓰지 못하는 영유아기로 돌아간 사람들은 기억은 돌아왔어도 신체의 발달단계가 뇌가 보낸 모든 명령을 미처 수행할 수 없는 상황인 것 같았다. 물론 이것도 추측일 뿐, 확실한 것은 아무 것도 없었다.

다음 날 아침, 현기는 어제의 상황이 꿈이 아님을 확인하고는 안도했다. 배송문제가 있었는지 날이 밝은 뒤에야 날아온 신문에는 세계 각국에서 특허 출원, 저작물 공표를 금지함과 동시에 주식과 부동산 등의 자산도 일시동결한다는 내용이 적혀 있었다. 미래를 알고 투기하는 사람들 때문에 벌어진 조치였다. 뒤이어 앞으로 1년 뒤인 2001년에 세상을 떠들썩하게 만들 테러리스트 집단이 미국으로부터 정밀타격을 받았다는 기사가 있었다. 당시 테러 집단의 주요 멤버들은 2032년엔 사망한 상태였고, 미국의 수뇌부는 많은 이들이 생존해 있는 상황이었으니 정보량의 차이는 어마어마했을 것이다. 그렇지만 하루 만에 자신들이 해야 할 것들을 정확히 알고 움직인 것은 현기에게 대단하게 느껴졌다. 하지만 테러 집단이 아직 아무 사건을 일으키지도 않았는데 선제공격을 했다는 점 때문에 비난하는 이들도 많은 모양이었다.

이 상황은 마치 현기의 집안과 오지태 집안의 문제 같기도 했다. 아직 아무 피해도 주지 않았으니 오 회장과 지태를 용서해주어야 할까? 너무 복잡했다.

현기는 지금 학교에 가는 게 정말 맞는지 아니면 아버지의 일을 도울지도 정하지 못했다. 아버지는 현기에게 학교에 가라고 했다. 정말 2000년부터 다시 살아야 하는 거라면 각자의 일을 열심히 하는 것이 옳다는 말이었다.

"현기야, 이제 네 인생에서 오성스타즈는 더 이상 중요한 게 아니다."

생각해보면 아버지의 일만 없었다면 오성스타즈를 차지하는 것이 현기 인생의 목표가 될 이유가 없었다. 현기는 복수를 마친 뒤에 느꼈던 허무함을 다시금 느꼈다.

1인칭 시점으로 신발주머니를 들고 학교에 가는 상황은 현기에게 정말 오래간만이었다. 사실 현기뿐만 아니라 모두에게 그랬다. 왜 실내화를 신어야 하는지 어른의 생각을 가진 지금도 모르겠다며 끝까지 신발을 신고 걷는 아이도 있었다. 현기의 옆으로 순성이가 다가왔다.

"우리 보통 이럴 때 장난치면서 걷지 않았냐? 어제 본 만화 장면 얘기하거나?"

순성은 이 전 세계적 타임슬립 사건을 즐기고 있었다. 사실 이 사건은 미래로 돌아갈 수 있다는 것만 보장된다면 일종의 젊은 시절 투어로 추억 삼아, 재미 삼아 즐길 만한 것이었다. 다만 지금은 일이 어떻게 흘러갈 것인지 모르니 걱정 되는 것뿐이었다. 현기 역시 순성의 의도에 맞춰줌과 동시에 정작 어렸을 때는 즐기지 못했던 어린 시절을 다시금 느껴 보고도 싶었다.

"늦게 가는 사람이 슬러시 쏘기!"

현기는 웃으면서 달렸다. 하지만 여전히 무거운 마음이 남아 있었다. 미래에 결혼하게 될 주명 누나는 지금 어디서 뭐 하고 있을까?

★

주명이 막 과거의 몸에 들어왔을 때 기다란 막대기가 주명을 향해 날아오고 있었다. 주명은 본능적으로 몸을 피했다. 2000년 당시 주명은 중학생이었다. 딱히 불량 청소년은 아니었다. 그저 국사 시험에 네 문제를 틀려 네 대를 맞을 상황이었을 뿐. 주명뿐만 아니라 주명을 때리려던 선생님과 교실의 모든 학생들도 당황했다.

상황을 파악하기 위한 몇 초가 지난 후, 꿈이 아님을 인식한 사람들은 각자의 방식으로 놀라움을 표현했다. 대체적으로는 소리를 지르는 부류와 멍해지는 부류, 마지막으로 주변에 말을 걸어 데이터를 모으려는 유형까지 크게 세 가지 반응들로 나뉘었다. 그래도 2032년까지의 사망자가 없던 반이어서인지 상황판단만큼은 빨랐다. 선생님은 체벌을 멈췄다. 미래의 시선에서 보면 시험 문제를 틀렸다고 매를 드는 것은 옳지 않았다.

"아, 내가 이때까지만 해도 이랬었네!"

선생님이 감탄인지 뭔지 모를 소리를 내뱉었다. 이런 선생들 때문에 교권이 추락한 건데 그렇게 약해진 자리를 정작 맞고 다니던 우리가 물려받았지… 라고 주명은 생각했다.

물론 자신들이 낀 세대라고 느끼는 이런 생각은 주명 또래들만 하는 것이 아니었다. 이를테면 회사원은 회사원대로 '워라밸 최악의 시대로 돌아왔구나. 이때는 상사 기준에 맞춰가며 뼈 빠지게 일하고 힘들게 과장 다니까 일 시키는 것조차 부하직원 눈치를 보는 세상으로 바뀌었지… 억울해!' 하는 등 각자 자신 세대에 해당되는 방법으로 신세 한탄을 했다.

선생님은 상황을 파악하고 올 테니 앉아 있으라고 하고는 교무실로 이동했다. 하지만 가만히 앉아 있을 학생들이 아니었다. 안 그래도 남의 말을 안 들을 나이의 정신과 하늘도 날아다닐 것 같은 신체의 조합. 40대 후반의 중학생들은 각자 자신의 상황 파악을 위해 복도로 빠져나왔다.

주명 역시 집으로 돌아갔으나 가족들과 그렇게 살가웠던 사이는 아니었기에 그리운 느낌은 없었다. 부모님 두 분 다 2032년에도 살아 계시지만 평소 연락하고 지내지 않았다. 사이가 나쁠 일은 없었지만 그만큼 관심도 최소화된 상태였다. 성인이 되어 독립한 이후로는 거의 남이었으니까. 부모님이 주명에게 큰 애정이 없는 것이 한편으로는 장점이기도 했다. 다른 부모님들처럼 시험 성적으로 압박하는 일도 없었고, 초등학교 시절부터 만화가가 되고 싶다고 했을 때도 흔쾌히 받아들이고 학원까지 등록시켜주었다. 부모님의 관심에 질린 누군가는 이런 환경을 이상적이라고도 할 수 있을 것이다. 하지만 주명은 따뜻한 가족에 대한 갈망이 있었다. 그러면서도 본인 스스로는 노력하지 않았다. 이 점은 피를 나눈 가족이라 자연스럽게 그런 성격이 된 것인지 아니면 집안 분위기의 영향을 받은 것 때문인지는 알 수 없었지만 부모님 쪽 책임이 더 크다고 주명은 생각했다.

"그래, 우리 주명이가 이렇게 생겼었지! 참 귀여웠는데."

부모님은 어려진 딸의 모습에 신기해했지만 그보다도 젊어진 자신들의 몸이 더 좋은 모양이었다. 주명의 어머니는 이게 꿈일 수도 있으니 몸을 제대로 움직일 수 있을 때 즐기자며 여행을 가기 위한 짐을 쌌다. 물론 주명도 가족들이 힘을 합쳐 이 비상사태를 극복해나가는 모습까지 기대한 건 아니었다. 하지만 가벼운 안부 인사만 나눈 뒤에 자연스럽게 본인들끼리 여행을 가려는 모습은 못마땅했다. 실제 주명의 청소년기 때는 이정도까지 자식을 방치하진 않았었다. 지금은 미래의 집안 분위기가 과거로 당겨진 느낌이었다. 만약 주명 한 명만 타임슬립 했던 거라면 주명의 의지에 따라 가족관계를 회복할 수도 있었을까? 가능했을 수도 있지만 의미 없는 가정이었다.

모두 2000년 현재의 나이에 맞는 삶을 살라는 방침이 내려졌음에도 주명은 학교에 가지 않았다. 주명의 지난 인생에서 학력은 중요하지 않았기 때문이었다. 그렇다고 미래의 남편인 현기를 찾지도 않았다. 현기와의 사이는 좋은 편에 가까웠지만 이왕 새로 시작하게 된 거 굳이 한 번 경험했던 생활을 반복하고 싶은 마음이 없었다. 이런 마음도 주명 가족 특유의 차가움이라고 볼 수 있었지만 주명 스스로는 인식하지 못했다. 본인에게는 자연스러운 생각의 흐름이었으니까. 물론 그것은 주명의 부모님도 마찬가지였다. 스스로를 '자식에게 집착하지 않는 쿨한 성격의 부모'라고 자기합리화를 했으니 말이다.

혼자 집에서 지내게 된 주명의 스케줄은 매우 여유로웠다. 아직 사회가 타임슬립에 적응하지 못하던 며칠 동안은 녹화해놓았던 비디오테이프들을 돌려보았다. 이 시기의 VHS 녹화 파일을 훗날 디지털 TV로 다시 보았을 때는 화질이 나빠 보였지만 브라운관 TV로 보니 썩 괜찮았다. 뭐 애초에 브라운관에 맞춰서 나왔던 매체였으니 당연한 거였다. 여기서 주명은 의외의 재미를 느꼈다. 이 테이프들은 원래 학원에 가느라 생방송을 놓쳤던 애니메이션을 자동 녹화한 것이었는데 방송 전후로 함께 기록된 광고들을 보는 맛이 있었다. 당시에는 그냥 지나쳤던 CF들도 추억이 되었다는 것이 신기했다.

주명은 아침마다 신문 중간에 나온 방송시간표를 보며 새로 시청할 프로그램들을 체크했다. 기존에 기록된 영상이 뭔가 아까워서 테이프 재활용은 차마 할 수 없었다. 주명은 지금부터 자신이 보게 되는 것들은 어른의 시점으로 기억하니 이후에도 잊지 않을 거라 생각했다.

음악방송도 챙겨보았다. 원래 중학생 시절의 주명은 초창기의 아이돌 문화를 이해하지 못했다. 어떻게 사람이 똑같은 사람을 그것도 자신의 존재도 몰라줄 사람을 우상화한단 말인가. 친구들이 학교에서 휴대용카세트로 음악을 들을 때에도 주명은 영어교재를 들었다.

하지만 30대에 들어서고 집에서 보내는 시간이 많아지자 자연스럽게 '입덕'하게 되었다. 왜 이제야 이런 문화를 깨우쳤을까? 아쉬운 마음이 들었다. 늦은 나이에 입덕한 주명은 아이돌을 향해 언니나 오빠라고 불러볼 기회가 없었다. 그 때문인지 새로운 2000년에선 더 신나게 음악방송을 감상했다. 예전엔 관심이 없어서 정확하지는 않겠으나 출연자나 인기 순위가 주명의 기억과는 달랐다. 연예계 쪽도 타임슬립의 영향을 크게 받은 듯했다.

실제로 미래에 큰 죄를 저질러 은퇴한 모 배우는 2000년에서까지 일이 끊겨버렸다. 원래는 소수의 매니아들에게만 인기가 있었으나 사망 후 전설이 된 가수는 얼떨결에 대스타가 되었다. 만년 2위였으나 미래까지 활동하던 아이돌 그룹은 차트 순위를 뒤집어냈다. 자식이 없어진 충격으로 잠적한 예능인도 있었고 나이 차가 많이 나는 이성과 결혼했던 MC는 유치원생의 신체로 돌아간 배우자와 만나기 눈치가 보여 사람들을 피해 다녔다. 타인이 성인과 유치원생이 부부인 모습을 본다면 머리로는 이 상황을 이

해해도 뭔가 이상한 느낌이 드는 건 어쩔 수 없다는 현실을 본인들도 알고 있었다. 과거(미래)에 20대의 주명이 타임슬립을 주제로 만화를 그렸을 때에도 타임슬립을 통해 벌어지는 이런 저런 특이한 상황을 생각했었다. 그런데 픽션보다 실제로 펼쳐진 상황이 더 다이나믹했다.

주명 나름대로 2000년을 즐긴 지 나흘째… 누군가가 초인종을 눌렀다. 바깥을 살피니 양복을 입은 사내가 서 있었다. 이제 막 대학교를 졸업한 것 같은 인상의 사내는 초조해 보였다. 사내의 얼굴을 빤히 보던 주명은 미래에서의 얼굴을 유추해내고 문을 열었다. 사내 역시 주명을 보며 자신이 아는 사람이 맞는지 생각하는 듯했다.

"저… 혹시…"

"편집장님?"

"아. 다행히 주명 작가님 댁 맞네요. 제가 알고 있는 댁은 다른 곳이다 보니…. 작년 청소년 만화축전 출품자 이름을 보니까 아무래도 작가님 같아서 그 주소 보고 찾아왔습니다."

미래의 편집장이자 현재의 편집부 신입사원인 황도우였다.

"며칠 전에 전자책 계약 건 때문에 인사드렸었는데… 이렇게 젊어져서 다시 보네요…."

황도우는 주명에게 현재 만화잡지업계의 상황을 요약해주었다. 잡지의 특성상 비교적 타임라인이 선명했기에 직원들은 자신이 2000년에 무슨 일을 해오고 있었는지 매우 빨리 파악했다. 하지만 공급이 문제였다. 2032년에 이미 세상을 떠난 상태인 원로 만화가 몇을 제외하고는 연재작 작가들 대부분이 바로 직전 연재본의 그림체를 흉내 낼 수 없게 된 것이다.

2000년과 2032년의 작업환경이 다른 것뿐만 아니라 테크닉도 차이가 있다 보니 벌어진 문제였다. 그렇다고 새 작품을 바로 연재하기도 애매했다. 신인 작가들은 저작권을 보장받을 수 없는 이 시기에 새로운 연재를 하고 싶지 않아 했다. 그러자 편집부에서는 이 기회에 미래의 웹툰 시스템을 바로 적용하기로 결정했다. 어차피 몇 년 있으면 웹툰으로 넘어갈 판, 격변기인 지금 만화잡지사 자체적으로 방향을 전환하자는 것이었다.

"다행히 IT 쪽 인력들은 지금이나 미래나 그 사람이 그 사람이니까 원래 역사보다 발전이 훨씬 빠를 겁니다. 괜히 포털에 주도권 빼앗기지 말고, 현재 작품들을 보유하고 있는 저희가 웹서비스를 빠르게 시작할 생각이에요. 나중에 인기 있을 작품들도 미리 확보하고요. 그래서 작가님도 먼저 모시려고 합니다."

주명의 인생이 정말로 달라질 기회였다. 지금으로부터 9년 후이자 20년 전, 만화가를 포기한 주명의 선택은 당시로서는 합리적으로 보였다. 고생 끝에 연재하게 된 작품은 안 그래도 팔리지 않던 만화 잡지 안에서도 인기가 낮았고, 그나마 팔리던 단행본들도 대부분 대여점용 물량이지 개인 소비자들의 선택을 받은 건 아니었다.

일부 만화가들은 웹툰으로 넘어갔으나 주명은 출판만화가로의 자존심을 지키고 싶었다. 사실 그 자존심이라는 것이 뭔지도 몰랐다. 그냥 자신이 꿈꾸던 매체가 달라지는 것이 싫었다. 그렇다고 공짜로 서비스하는 웹툰이 돈이 될 것 같지도 않았다. 주명은 이럴 바에는 만화를 하지 않겠다고 다짐했다. 그러나 몇 년 뒤 상황이 완전히 바뀐 것을 보고 웹툰으로 전환하지 않은 것을 후회했다. 뒤늦게 그 세계에 발을 디디기에는 늦었다. 자신의 실력이 떨어진데에 비해 웹툰계의 경쟁은 점점 치열해졌다. 만화는 돈이 되지 않는다는 생각이 주를 이루던 그 시절을 버텼던 동료들과 주명의 차이였다.

하지만 정말 아까웠다. 조금만 더 버티면 되었던 거였는데⋯. 그랬던 주명에게 이 기회는 타임슬립이 가져다준 최고의 행운이었다. 주명은 일단 무조건 참여하겠다고 했다. 어차피 학교도 다니지 않고 있다. 이참에 바로 데뷔하고 미래에 패러디된 이미지로 쌓은 인지도를 이용해서 화려한 시작을 할 수 있을 것이다. 하지만 문제가 있었다. 주명은 황도우가 돌아가자마자 다시 펜을 잡았다. 빠른 시간에 그림 실력을 복구해야 된다. 어쩌면 복구가 아니라 그때보다도 향상시켜야 한다. 자신의 기준의 미래에 맞춰져 있는 것만큼. 아무리 현재가 2000년이더라도 독자의 눈높이 또한 미래에 맞춰져 있으니까.

*

오 회장은 현기의 아버지인 영호와 함께 공동계약서를 작성했다.

"너 내 장례식에는 갔냐? 안 갔지?"

"너 같으면 갔겠냐? 사과도 안 하고 가버린 새끼. 아, 저 조항이나 좀 없애봐."

영호와 오 회장은 티격태격하면서 계약서의 문구들을 수정해나갔다. 시간 가는 줄 모르고 회의를 하던 오 회장의 배에서 꼬르륵 소리가 들렸다.

"짜장면?"

"짜장면."

오 회장이 중국집에 전화로 음식을 주문했다. 영호는 나중에는 배달앱이라는 것이 나온다고 설명해줬다. 오 회장이 무슨 SF영화 같다고 감탄하는 사이에 짜장면이 도착했다. 이번엔 영호가 짜장면 배달 속도에 감탄했다. 영호가 현금결제하려는 오 회장을 보며 물었다.

"재난지원금 안 써?"

"나는 해당사항 없대."

"왜? 거래 막힌 복덕방 사람들까지도 다 나온다는데?"

"피해증명이 어렵더라고. 신제품 출시한다고 제출한 서류도 없으니."

영호는 묘한 기분이 들었다. 분명 오 회장이 특허 출원을 하지 않는 것이 맞는 일인데 괜히 그 때문에 타임슬립 재난지원금을 받지 못한 것 같아 미안했다. 영호는 짜장면 값을 대신 내주었다. 오 회장이 황당해했다. 현기도 뭔가 얼떨결에 계산한 느낌이 들었지만 이왕 돈을 쓴 거 생색을 내기로 했다.

"나도 회사 지분 줄 거라며. 지금은 아끼자고."

이런 사소한 순간들이 쌓이며 둘의 사이는 전보다도 돈독해지고 있었다. 오 회장 본인은 영호와 반목한 기억이 없었고 영호 역시 본인의 미래를 바꿔야 한다는 마음 자체는 강했지만 오 회장에 대한 악감정은 희미해진 상태였다. 오히려 감정의 골이 해결되지 않은 쪽은 아들들, 정확히는 현기였다.

아버지들이 화해한 것과 상관없이 현기의 마음 한구석에는 자신의 인생을 바쳐서 복수해야 했던 오 회장과 친구 지태에 대한 불편함이 씻겨지지 않았다. 현기는 어지러운 생각을 정리하고자 주말을 이용해 미래에 돌아가시는 친척 어르신들께 안부 인사를 드렸다. 하지만 복잡한 감정은 평일까지 이어졌다. 현기는 학교 수업에 집중하지 못했다. 물론 현기뿐만 아니라 대부분의 학생들이 초등학교 수업을 제대로 듣지 않았다. 대부분은 아는 내용이고 쉬웠다. 부분적으로 까먹은 용어나 이론이 있었지만 그 정도는 어른이 된 이후엔 큰 영향을 미치지 않는다고 생각했는지 교과서 안에 다른 어려운 책을 넣어두고 공부했다.

학교는 며칠 사이에 어린이들이 수능에 대비하는 영재학교가 된 것 같았다. 선생님도 학생들이 자신의 수업을 듣지 않는다는 것을 알고는 힘이 빠졌는지 진도를 대충 나갔다. 어른이 된 기억이 없는 친구, 하나만 손해를 보고 있었지만 전체적인 분위기가 이렇게 된 것은 어쩔 수 없었다. 그나마 초등학교는 양반이었다. 유치원의 상황은 이보다 심각했다. 미래에 대한 기억이 없는 원생들만을 대상으로 하는 임시 유치원이 세워지기까지 유치원은 현지인 유아들에게는 조심해야 할 장소가 되었다.

"분위기상 나도 예습하게 되네. 아닌가. 복습인가?"

현기는 억지로 《수학의 정석》을 펼친 순성을 보며 앞으로의 미래에 대해 생각했다. 학교의 분위기는 생각과 달랐다. 현기는 어린 시절에 즐기지 못한 것들을 다시 체험하는 그림을 기대했으나 현실은 달랐다. 초등학생들 대부분의 머릿속에는 어른의 의식이 있었기 때문에 어린 시절을 즐기기는커녕 경쟁사회의 어린이 버전으로 변질되었다.

어린이로 돌아가면 힐링할 수 있을 거라는 예상은 순진한 생각이었다. 이미 어른의 의식인 것부터 순수와는 거리가 멀어진 거였다. 현기는 다들 이렇게 공부하면 수능은 어떻게 될 것인지 걱정이 되었다. 원래의 2000년을 살았던 사람들은 이 시대에 가장 이득을 볼 수 있는 성공루트를 몰랐기에 각기 다른 선택을 했고 그 결과 다양성이라는 것이 있을 수 있었지만, 이제 모두가 2032년에서 돌아왔으니 다들 미래 상황에 맞춘 인생 계획을 세울 것이다. 그럼 그건 또 다른 레드오션이 되어버릴 텐데… 차라리 아예 다른 길을 가볼까? 하지만 현기는 본인이 무엇을 좋아하는지조차 몰랐다. 어떻게 보면 이것을 찾는 것이 이번 인생에서 가장 중요한 일일 수도 있었다.

　점심시간이 되자 급식 카트가 올라왔다. 교실에서 먹는 점심 급식의 고마움을 이제는 잘 아는 학생들은 식사를 맛있게 했다. 실제 역사대로라면 집에서 가져온 후리카게를 뿌려 먹거나 몰래 학교 밖으로 나가 군것질을 했을 것이다. 식사를 마친 현기와 순성은 운동장 구름사다리 위로 올라가 소화를 시키며 잡담을 나눴다. 현기의 기억으론 이 구름사다리는 위험하다는 이유로 몇 년 뒤에 철거되었다. 점심방송 스피커를 통해 나오는 '어린이는 나라의 미래인 새싹들'이라는 노랫말이 재밌게 들렸다. 현기는 '저렇게 띄워주다가 우리가 어른이 되자마자 바로 다른 어린이들로 갈아탔지….' 하는 생각에 웃음이 나왔다.

　"그러고 보니 우리 군대 또 가야 되는 거야?"

　"이런 식으로 쭉 살아야 되면 그러겠지?"

　"개억울하지 않아?"

　순성이 10년 뒤에 벌어질 일을 걱정했다. 막상 진짜 어렸을 때, 10년 뒤는 아주 먼 미래였다. 그동안에 통일이 될 것 같기도 했고 남의 일처럼 생각되었기에 심각하게 생각하지 않았지만 이들은 결국 어른이 되었고 군대에 끌려갔었다.

"내가 옛날에 20대로 돌아갈 수 있다면 군대 다시 가도 괜찮다고 생각했었거든? 근데 그땐 나 혼자 가는 걸로 생각했지. 이렇게 다 같이 돌아가는 거면 아무 이득도 없는 건데! 억울해 돌아가시겠네!"

순성이 하소연했다.

"또 모르지. 역사가 달라져서 통일될 수도?"

"아, 진짜 그럴 수도?"

둘은 북한에서는 지금 이 사태를 어떻게 바라볼까 생각하며 주제를 전환했다.

"김정은이 지 아버지, 이름 뭐였지. 그…김정일한테 미래에 대한 정보를 주려나? 원래는 전쟁 안났다고 안심하고 있을 때 전쟁 나는 거 아니야?"

그러나 현기는 그 짧은 대화 도중 아들을 떠올렸다. 아들 진호는 집에서 조용히 책 읽는 것을 즐기는 성격이었다. 현기는 적어도 진호가 사고를 칠 일은 없는 아이라며 좋아했다. 다만 책을 너무 많이 읽었는지 남들과 다르게 살고 싶다며 수능을 치르지 않았다. 마음으로는 대학교까지는 졸업하길 바랐지만 자식이 원하는 대로 살게 해주자는 방침을 지키기로 했다.

대신 현기는 '그렇다면 성인이 되자마자 바로 군대에 가라'고 종용했다. 군대 문제를 해결하지 않으면 사회인이 될 때 제약이 있으며 또 제대 후를 생각하더라도 한창 일이 바쁠 때 예비군에 가는 것보다 조금이라도 어릴 때 기간을 채우는 것이 좋다는 이유였다. 이는 현기가 복수를 위한 인생 플랜을 짤 때 세웠던 계획이기도 했다. 부모님 말을 잘 들었던 진호는 자원입대를 신청했다.

진호가 군대에 가기 전날 아침, 징징대는 아들에게 현기는 별일이 아니라고 말했다.

"요즘 군대가 군대냐? 군대는 말이야. 사회랑 소통이 차단되는 게 가장 힘든 거였는데. 나 때는 핸드폰도 못 썼어! 근데 이젠 때리는 것도 없고, 돈도 잘 주고! 얼마나 좋냐!"

"돈은 무슨, 차라리 그 시간에 알바를 하겠네요! 어쩌다 한국에서 태어나가지고…."

"어허. 한국에서 태어난 거에 감사해야지!"

"한국이 나한테 해준 게 뭔데요?"

현기는 대응을 고민하다가 책장 구석에 있었던 지구본을 진호 앞에다 들이밀었다. 인터넷에서 보았던 멋진 명언을 들려줄 생각이었다.

"눈 감고 아무 데나 딱 찍어봐. 거기서 태어난다고 생각하면 너가 지금 일상에서 누리고 있는…"

"아. 우린 이미 한국에서 태어났으니까 여기 시스템에 익숙해진 거고요, 그 나라에서 태어나고 자랐으면 또 그 나라만의 장점을 느꼈겠죠."

"아빠가 하려는 얘기는…."

"무슨 뜻인 건지 알아요! 아는데… 내일 당장 끌려가는 사람한테는 의미 없는 얘기죠!"

진호는 답답했는지 대화를 멈추고 친구들이랑 마지막으로 놀고 오겠다며 밖으로 나갔다. 이게 부자 사이의 마지막 대화였다. 현기는 야근을 했고 진호 역시 술에 취해 일찍 자는 바람에 따로 작별의 시간을 가지진 못했다. 그리고 한 달 뒤, 진호는 훈련 도중 심장에 이상을 느껴 쓰러졌고 이내 사망했다.

아들의 주검을 보며 현기는 '만약'에 대해 다시

생각했다. 만약 진호가 한국에서 태어나지 않았다면… 혹은 반항적인 성격이라 부모의 조언을 듣지 않고 군대에 늦게 갔다면… 현기가 자신의 교육방침을 포기하고 부모로서 억지로 진호를 대학교에 보냈다면? 아니면 진호가 자식을 방치하는 집안에서 자라 공부하지 않고 나가 놀면서 신체만큼은 건강하게 자랐다면? 차라리 고려나 조선시대에 낮은 계급으로 태어났다면?

현기는 주명이 그렸던 만화의 두 인물을 떠올렸다. 어떤 캐릭터는 부강한 나라의 왕족으로 태어났으나 끔찍하게 암살당했고, 어떤 캐릭터는 약소국의 천민으로 태어났지만 좋은 동료를 만나 행복한 삶을 살았다. 모든 운명이 그저 운이라면 진호가 자신의 아들로 태어난 것은 진호가 불운했다는 뜻인 걸까…. 현기는 오랫동안 상념에 사로잡혔다.

★

현기가 진호를 떠올리고 있던 그 순간, 주명 역시 아들 진호를 생각했다. 바깥에서 들리는 확성기 소리 때문이었다.

"미래에 남겨진 아이들을 잊으면 안 됩니다! 모두 기도합시다!"

주명은 타임슬립 사건을 새로운 기회로 여겼지만, 모든 사람이 그런 건 아니었다. 오히려 엄청난 재난으로 받아들이는 사람들이 더 많았다. 주명 부부처럼 자식을 이미 잃은 상태였던 가정들보다는 평범하게 한두 명의 아이를 키우는 가정이 더 많았다. 그들에게 타임슬립은 자식들과 생이별하게 만드는 끔찍한 일이었다. 지금은 아직 태어나지 않았지만 미래에는 분명 존재했던… 그들은 어떻게 되는 걸까? 존재가 사라진 걸까? 아니면 그곳에 남아 있을까?

주명은 전 세계 석학들이 모여 이 현상의 원인과 대책을 세우려고 한다는 기사를 봤다. 과연 과학적으로 설명 가능한 일일지 궁금해졌다. 주명은 타임슬립을 오히려 초자연적인 사건이라고 생각했다. 주명과 비슷한 생각을 한 사람들 중에서 미래로 돌아가길 원하는 이들은 종교에 의지하기도 했다. 급기야 '전 세계인이 동시에 미래로 돌아가게 해달라고 기도하면 그 소원이 이루어진다'는 만화 같은 루머가 돌기 시작했다.

"자기들만 잘 살려고 하는 건 아주 고약한 심보입니다! 영문도 모른 채 존재가 사라져버린 우리 애들이 불쌍하지도 않습니까? 모두 미래로 돌아가기 위해 기도합시다!"

루머를 믿는 이들은 '백 투 더 퓨처'를 캐치프레이즈로 삼아 거리로 나섰다. 아이들을 다시 보고 싶다는 간절한 마음에 조용히 기도하는 사람들이 대다수였지만 인간군상이 다 그렇듯이 자신의 생각을 남에게 강요하는 사람들도 있었다. 그들은 2000년을 열심히 살아가려는 사람들을 비난했다. 그중에서도 두 부류가 있었다. 미래로 돌아가려는 마음이 절실했던 사람들… 그리고 자신들이 새 천년에 적응하지 못하고 있으니 판을 엎으려는 나쁜 의도를 가진 사람들이었다. 그들은 막 타임슬립을 했을 때 너무 혼란스러운 나머지 아무것도 하지 못했고 그 결과 이득을 볼 수 있는 골든타임을 놓쳤다는 아쉬움이 있었다.

이들은 자신들이 새로 맞이한 2000년에서 2등 시민이 되는 것을 두려워했다. 물론 진짜 2등 시민은 따로 있었다. 바로 2032년엔 존재하지 않는, 원래의

2000년을 살던 자들. 현지인 또는 구시대인으로 불리던 이들이었다. 그들은 아무런 잘못을 하지 않았으나 순식간에 바보 취급을 받았다. 미래에 대한 정보가 없는 사람들은 경쟁에서 자연스럽게 밀려날 수밖에 없었다. 젊은 사람들은 어리기 때문에 새 사회에 대응하지 못했고, 나이 든 사람들은 늙은 대로 적응할 수 없었다. 재력을 가지고 있던 몇 현지인들만 미래에서 온 신세대들을 고용하면서 새로운 시대를 버틸 수 있었으나 이들은 원래도 부자였기에 잘 살 확률이 높았던 극소수에 불과했다. 상황이 이렇게 되니 다수의 현지인은 미래인들을 그들이 원래 살던 시대로 돌려보내고 싶어 했다. 거리에는 '너희 세상으로 돌아가라'라는 피켓을 든 사람들도 나타났다.

공교롭게도 목적이 같았던 이들은 결국 하나의 세력이 되었다. 이들은 마치 종교인 같은 분위기 때문에 백 투 더 퓨처교를 믿는 '빽퓨 신자'라고 불렸는데 미래인들이 원래의 시간으로 돌아갈 수 있다면 무엇이라도 할 수 있을 것 같은 과격파들이었다.

"모두 하던 일을 멈추고 진심으로 기도해주세요! 그럼 돌아갈 수 있습니다!"

일명 '백 투 더 퓨처 챌린지'였다.

"아 진짜. 짜증 나게…."

주명은 확성기 소리가 시끄러워서 창문을 닫았다. 백 투 더 퓨처 챌린지는 지금껏 주명이 들었던 타임슬립 관련 이론 중에서도 가장 바보 같았다. 인터넷에는 타임슬립을 설명하려는 수많은 주장이 있었다.

주명이 가장 관심있게 본 것은 영혼탄성이론이었다. 고무줄을 잡아당겼다 놓을 때 줄이 끊어지지 않는 이상 원래 상태로 돌아가는 것처럼 아무리 역사가 달라지더라도 영혼은 정해져 있으니 같은 배우자를 만나 자식을 낳으면 원래 역사에서 낳았던 아이를 다시 만나게 된다는 거였다. 주명은 이 역시 과학적인 해석은 아니라고 생각 했지만 만약 정말로 그렇게 된다면 현기와 재결합할 의향은 있었다. 이 가설이 주명 입장에서 진호를 다시 만날 수 있는 유일한 방법이기 때문이었다. 하지만 현기는 아직 어린 나이일 것이기에 지금은 때가 아니며 그사이에 다른 사람들이 영혼탄성이론의 진위를 증명해낼 것이다. 이처럼 과학적 사고를 하려는 주명조차도 자신의 심리상황에 맞는 가설 하나씩은 마음속에 품고 있었다.

연필과 스케치북. 주명으로서는 정말 오래간만에 사용하는 도구였다. 마지막으로 학습만화를 그리던 시절조차 콘티 단계부터 이미 태블릿으로 작업했었다. 그즈음에 종이 아래에서 빛을 밝혀주는 라이트박스나 수많은 스크린톤 스티커들, 120색 마커 등 수많은 아날로그 장비들을 정리했는데 이제 와 다시 사야 하나 고민이 되었다. 현재 주명이 가지고 있는 컴퓨터와 도구의 수준으로는 100퍼센트 디지털 작업은 아직 불가능했다.

하지만 정말 원래의 역사보다 기술의 발전이 빠를 거라면 일단은 기초실력만 올려놓고 새로운 장비가 나오는 걸 기다리는 것도 나쁘지 않을 것 같았다. 신체가 젊어진 영향일 수도 있었지만 손이 굳지 않은 것 같았다. 그림체도 점차 원래의 스타일을 되찾았다. 하지만 당시 주명의 실력처럼 보이게 따라 하는 것일 뿐 절대 나아졌다고는 할 수 없었다. 앞으로 주명이 상대할 주 독자층은 어른의 눈을 가진 어린

이들이고, 미래의 냉철한 기준으로 작품을 볼 것이었다. 저번 삶의 전성기 때보다 실력을 올려야 한다. 이것이 새로운 인생의 과제였다.

운동장이 북적거렸다. 초등학교 전교생이 나와 줄을 맞춰 서 있는 모습은 타임슬립한 모두에게 오래간만이었다. 물론 대부분의 머릿속에는 중년의 마음을 가진 이들이 들어가 있으므로 질서정연한 분위기는 아니었다. 게다가 정부 방침을 무시하며 학교에 나오지 않은 학생들도 있어서 반별로 인원수가 달라 학년별로 모인 대형이 깔끔하지 못했다. 선생님들도 줄을 제대로 서지 않은 학생들을 크게 나무라지 않았다. 말을 해도 듣지 않을 것을 알기 때문일 수도 있었고 본인들도 월요일 조회에 대해 회의적이기 때문일 수도 있었다.

"국민체조 시작! 하나 둘 셋 넷! 다섯 여섯 일곱 여덟! 둘 둘 셋 넷…"

익숙한 음악과 함께 체조 시간이 시작되었다. 학생은 물론이고 앞에 나와 있는 선생님들까지 모두 눈치를 보며 몸을 움직였다. 다행히 국민체조는 비교적 쉬운 동작 위주였으므로 과거를 기억하는 몇 몇 사람들을 따라 하기만 하면 되었다. 현기는 양다리를 벌리고 팔을 밑으로 내리는 '팔다리 운동'을 하며 예전에 이 동작을 굉장히 부끄러워했다는 것이 생각났다. 국민체조가 끝나자, 교장 선생님이 구령대에 올라왔다.

"지난주 토요일. 애국조회를 하지 말자는 선생님들의 의견이 있었습니다. 미래에는 이런 조회를 하지 않는 모양이더군요. 요즘 세상에 이런 군대식 행사가 말이 되냐고요. 하지만 말이죠…. 지금은 2000년입니다. 오히려 이 세상에 넘어온 것은 미래의 분들이죠. 물론 미래분들이 다수이니 이를 완전히 무시하지는 않을 것입니다. 다만 이 세상은 미래분들만이 아닌 모두가 함께 살아가는 곳입니다. 어른이 되어버려 이런 당연한 이치를 잊으신 분들은 다시 시작하는 어린이 생활을 통해 깨우치길 바랍니다."

확실히 지금의 2000년을 살고 있는 사람들 중에는 미래의 기억을 가지고 있는 자들이 훨씬 더 많았다. 당연히 사회는 이들 위주로 변해갔다. 그러나 원래의 2000년을 살던 사람들 역시 소수라고 불릴 정도로 적은 수는 아니었다. 자연스럽게 인식이 변화한 미래인들과 달리 원래의 2000년을 살던 현지인들에게 32년 뒤의 생활방식 강요는 충격적인 것이었다. 미래인의 윤리관과 공공질서는 수십 년에 걸쳐 일어난 사건사고들과 문화적인 발달을 통해 자연스럽게 인식이 변화된 것이었다. 현지인들은 그저 어제와 같은 일상을 살았을 뿐인데, 미래인들에게 미개인 혹은 범죄자와 같은 취급을 받게 되었다. 아무리 미래의 생활양식이 더 좋고 옳은 것이라 하더라도 과거의 사람들에게 친절한 설명없이 이를 즉시 강요하는 것은 폭력적이었다. 그 때문에 사회 여기저기에서 현지인들의 백래시가 시작되고 있었다.

그나마 현기의 초등학교 교장 선생님은 생각이 깨어 있는 사람이었다. 전교회장과의 상담 끝에 수업 시작마다 하던 '차렷 경례'를 없애버렸다. 학생들에게 학교 청소를 맡기는 시스템은 현재의 예산 사정상 바꿀 수 없었지만 선생님들에게만 학교 중앙계단을 이용하게 했던 규칙 등 수정이 가능한 부분들에 대해서는 미래 사람들의 의견을 수렴해 제도를 바꿔나갔다. 현기를 포함한 미래인들이 2032년의 기억을 가지고 있다고는 해도 결국 예전 2000년을 살아보았던 사람들이기 때문에 가끔씩 답답한 상황과 마주해도 그러려니 하고 넘어갈 수 있었다.

"현기, 하이."

뒷짐을 지고 억지로 교장 선생님의 말을 듣고 있던 현기의 뒤쪽으로 누군가의 목소리가 들렸다. 돌아보니 옆 반 줄에 서 있는 지태였다. 현기는 아버지의 상황이 어느 정도 정리된 이후 지태를 억지로 피하거나 무시하지는 않았지만 그렇다고 먼저 인사를 하지도 않았다. 왠지 그래야 할 것 같았다. 그에 반해 지태는 의도적으로 현기에게 아는 척을 했다. 현기는 이러다가 오히려 자신쪽이 나쁜 사람이 되어버리는 게 아닌가 싶기도 했다. 적어도 지금의 2000년에서 지태는 잘못한 게 없었다.

"현지인도 아니고 무슨 하이야."

현기는 지태를 무시하지는 않으면서 적절히 거리를 둘 수 있는 반응을 했다. 현기의 의도를 아는지 모르는지 지태는 웃으면서 말을 이어갔다.

"여름체육대회 예정대로 열리면 나갈 거야? 기마전 또 붙어야지!"

"애들도 아니고 무슨 체육대회야."

"우리 지금 애들 맞아."

지태는 지금 아니면 다 같이 즐길 수 있는 행사는 없을 거라고 현기를 설득했다. 과거의 역사에서 여름방학 직전에 열렸던 체육대회까지는 이들의 아버지 문제가 커지지 않았다. 당시에 현기의 아버지는 상황조차 몰랐다. 이 덕분에 그 대회는 둘이 웃으며 몸을 부딪쳤던 마지막 이벤트로 남을 수 있었다. 현기는 어차피 학교에 다녀야만 한다면 어릴 때만 즐길 수 있던 것은 즐겨보겠다고 생각했었으므로 대회에 나가지 않을 이유가 없었다.

체육 시간이 되자 준비했던 학교 체육복을 꺼냈다. 탈의실은 따로 없었다. 학급의 유일한 현지인이었던 하나가 한 달에 한 번씩 남녀 번갈아 가며 교실과 화장실에서 옷을 갈아입었다고 알려주었다. 이번 달은 남자가 교실에서 갈아입는 기간이었다. 현기는 넓은 교실에서 바지를 벗기가 왠지 부끄러워 TV 뒤쪽 공간으로 들어가 옷을 갈아입었다. 초등학교는 보통 담임선생님이 모든 수업을 담당하지만 체육만큼은 담당 선생님이 따로 계셨다. 체육 선생님은 턱수염이 인상적인 남자 선생님이었다. 현기의 기억으로는 좀 더 나이가 있었던 인상이었는데 아무래도 수염 때문인 것 같았다. 어른의 눈으로 체육 선생님을 다시 보니 서른 살이 될까 말까 한 정도로 어리게 느껴졌다. 체육 선생님은 약간 지쳐 보였다.

"뭐. 벌써부터 공무원 준비하는 애어른들한테 수업을 하기도 애매하고⋯ 남자애들은 축구, 여자애들은 피구 해라."

현기가 손을 번쩍 들었다. 어렸을 때 가졌던 불만이지만 한 번도 내뱉은 적 없던 생각을 말했다.

"저는 피구가 하고 싶은데요? 그리고 여자애들 중에서도 축구하고 싶은 사람들 있지 않을까요?"

체육 선생님은 잠깐 당황하더니 다른 학생들의 의견을 물었다.

"아직 2차 성징도 안 왔으니까 선택권을 줘도 될 것 같아요."

"운동 안 하고 싶은 사람들은 교실로 돌아가도 되나요?"

아이의 외모를 가지고 있는 중년의 어른들은 각자 원하는 바를 확실하게 체육 선생님께 말했다. 체육 선생님은 어린이의 신체 발달을 위한 필수적인 체육 시간이니 교실로 돌아가는 건 안되지만 각자 원하는 스포츠를 즐기는 것으로 정리했다.

현기는 피구를 좋아했으나 고등학생이 된 이후에는 즐기지 못했다. 덩치 좋은 친구들이 던지는 공이 너무 무서웠기 때문이었다. 지금이 기회다! 다들 신체적 능력에 큰 차이가 없는 딱 이 나이대에, 공을 맞는 것에 대한 두려움 없이 즐길 수 있는 초딩 피구. 이것은 정확히 현기가 원하는 바로 그 스포츠였다.

"피해! 피해!"

"너 맞은 거 같은데? 죽었어. 나와!"

그래. 이런 재미였지. 현기뿐만 아니라 다른 애어른들도 오래간만에 운동을 하면서 땀을 흘렸다. 정말 아무런 걱정 없이 뛰노는 것. 물리적으로도 정신적으로도 불가능했을 일이 타임슬립 덕분에 벌어졌다. 다른 것이 기적이 아니었다.

이날의 운동을 계기로 초등학교 안에서는 작은 변화가 일어났다. 원래 순성처럼 타임슬립을 즐기고 있는 특이 케이스를 제외하고 대부분의 애어른들은 미래에 대한 두려움을 가지고 있었다. 며칠 전 나라에서 미래에 대한 기억이 없는 현지인들에게 여러 가지 지원정책을 준비한다는 뉴스가 있었기 때문이었다. 미래인이라고 무조건 잘 된다는 보장은 당연히 없었다.

역사가 바뀌고 있으니 미래인들도 앞으로 세상이 어떻게 변화할지 몰랐다. 다만 최소한의 자연스러운 역사 흐름을 알고 있는 것이 상식 평균치가 되어버렸으므로 현지인들에겐 미래인들에 대한 경쟁력이 거의 없었다. 현지인에 대한 복지는 이들을 구제하기 위한 나라 차원의 움직임이었다. 하지만 지금 어린이의 몸에 갇혀버린 일부 미래인들은 미래의 기억을 활용한 이득을 볼 수 없는 상황이었다.

2000년에 국회에서 활동하는 사람들은 아무래도 현지인 비율이 더 높으니 이런 정책이 나온 것이 아닌가 하는 지적도 있었다. 소수자 지원이라고는 했지만 그 소수자가 의원들을 포함한 거의 모든 현지인들이었으므로 국내인구의 5분의 1에 해당되는 큰 숫자였다. 미래인이면서도 2000년에 이미 성인인 사람들은 자신들이 유리한 지점에 있는 것이 맞기에 도의적으로 현지인지원정책에 찬성했다. 상황이 이렇다보니 현재 발언권을 가지고 있는 그 누구도 복지의 사각지대에 있는 애어른들의 심정을 대변해 주지는 않았다. 이득을 볼 수 있는 상황이 막혔는데 지원도 받을 수 없었다. 이것이 현기를 포함한 아이들의 걱정이었다. 자기들이야말로 최하층 계급으로 전락하지 않을까? 현재의 나이대로 살라는 정부의 지침을 억지로 따르면서도 미래에 대한 불안감 때문에 어린이 생활을 즐길 수 없는 것이 애어른들 대부분의 심정이었다.

그런데 친구들과 몸을 부딪쳐가는 운동 한 번 했을 뿐인데 그들의 마음 한구석에 즐거움이 새겨졌다. 미래에서 모든 의욕을 잃고 빌빌대던 노인들이 청년이 되어 다시 도전할 힘을 얻었다. 한창 사회에서 중요한 자리를 차지해 머리싸움을 하던 중년들이 어린이가 되자 사소한 것에도 기뻐한다. 이런 것을 보면 마음이라는 것은 육체에서 오는 것일지도 몰랐다.

현기도 어느 순간부터 더 이상 복잡하게 생각하지 않기로 했다. 새로 성인이 될 때의 사회는 어차피 새로운 판일 것이다. 그때 새롭게 적응해도 되지 않을까? 학생들은 어린이 생활을 다시금 즐기기 시작했다. 비단 현기의 학급에만 일어나는 현상이 아니었다. 2000년에서의 생활이 계속될수록 미래인들은 신체나이에 어울리는 정신연령으로 돌아갔다. 현기는 쉬는 시간에 친구들과 사소한 놀이를 하며 문득 자신이 진정으로 조금 전 상황을 즐겼다는 것을 깨달았다. 현기는 본격적으로 어린이로 살아볼까 생각했다.

방과 후. 현기는 엄청난 도전을 했다. 바로… 놀이터에 나가기. 미래에 찾아보기 힘들어지는 놀이터의 모래나 훗날 원심분리기로 불리게 되며 사라진 회전무대, 이가 부러지는 아이들을 양산했던 정글짐 등을 다시 즐겨보고 싶었다. 현기는 놀이터가 꽉 차 있는 것을 보고 깜짝 놀랐다. 분명 저번 주에 지나쳤을 때는 놀이터에 아무도 없었다. 아무리 어린 꼬마여도 그 속은 30대들이었기에 놀이터를 즐기지 않았다. 다들 뭔가 변한 것이 분명했다.

"너 몇 살이야?"

"에이. 같이 늙어가는 사람들끼리 뭘 그런 걸 따져요. 그냥 같이 놀죠?"

어린이들의 전통적인 방식으로 놀이터 파티원을 구한 현기는 온종일 미끄럼틀 아래에 흙을 파내 구덩이를 만들며 놀았다. 적당히 땅이 파지자 신문지로 구멍을 가리고 흙으로 살살 덮었다. 함정을 판 파티원들은 늑목 위로 올라가 누군가 미끄럼틀을 타기를 기다렸다. 현기는 작아진 키로 늑목을 올라가니 살짝 무서웠다. 유격훈련에 쓰일 기구가 어째서 애들 노는 놀이터에 있었을까 궁금해졌다. 새로 놀이터에 온 무리가 미끄럼틀 주변으로 다가왔다. 가위바위보로 술래를 정하는 것으로 보아 '탈출 놀이'를 하려는 모양이었다.

현기는 술래를 피해 미끄럼틀에서 내려오는 아이가 함정에 빠지길 기대했다. 술래는 눈을 감고 손을 더듬거리며 미끄럼틀 계단으로 올라갔다. 그사이 계단 바깥쪽에서 버티던 아이가 탈출에 성공해 히히덕거렸다. 그러자 술래는 땅바닥에서 눈을 떠 남은 친구들의 위치를 확인하고 싶었는지 다시 땅으로 내려왔다. 술래는 미끄럼틀 전체의 상황을 보려다 신문지를 밟고 구덩이에 빠졌다. 현기는 소리 내어 웃었다. 비록 미끄럼틀을 타고 내려온 아이가 함정을 밟진 않았지만 누군가 넘어지는 것만으로도 성공이었다. 이런 사소한 일에 몇 시간을 허비하고도 즐거울 수 있다는 것을 현기는 다시금 느꼈다.

하지만 딱 거기까지였다. 지금 이 공간에 있는 대부분의 아이들이 곧 사회의 경쟁자가 될 거라는 생각이 현기의 머릿속을 스쳐 지나갔다. 정말 이래도 되는 걸까? 지금 이 공간에 없는 아이들은 또 뭘 하고 있을까? 학원에 가서 선행학습을 하고 있을까? 미래의 사업 아이템을 구상하고 있을까? 현실적인 걱정이 되자 온전히 놀이를 즐길 수 없었다.

"얘들아. 밥 먹어라!"

아파트 단지의 어머니들이 창문을 열고 자식들을 불렀다. 파티원들이 하나둘씩 귀가하자 현기도 집으로 향했다. 엘리베이터 버튼을 누르고 기다리던 현기의 옆으로 건장한 청년 한 명이 다가와 섰다. 현기는 그 청년의 얼굴을 뚫어지게 보았다.

"홍 상무?"

청년은 놀라면서 현기를 바라보았다.

"누구니? 아, 정현기 대표님?"

홍 상무는 현기가 오성스타즈를 장악할 때의 핵심 인력이었다. 현기가 미안해할 정도로 일을 열심히 했던 사람. 홍 상무는 높은 위치까지 올라가기 위해 회사에 살았고 가정을 버렸다는 소리까지 들으며 이혼을 당했었다.

"원래 이 동네 사셨어요?"

"네. 대표님도요?"

"주민이셨다니 신기하네요. 알았으면 더 친해졌을 텐데…."

홍 상무는 현기에게 어디 다녀오는 건지 물었다. 현기는 잠시 부끄러워하다가 정직하게 답했다.

"놀이터에서 미끄럼틀에 함정을 좀 팠습니다."

홍 상무는 잠깐 어리둥절하다 이내 소리 내 웃었다.

"제대로 살고 계시네요. 2000년을."

"큰 고민 하나가 사라져서요. 그나저나 홍 상무는 어떻게 지내세요?"

홍 상무는 품에서 전단지 하나를 꺼냈다. 뺵퓨

교의 기도회 전단이었다.

"이혼당했을 때랑은 다르게 애들 존재 자체가 사라졌다고 하니까 너무 슬퍼서요. 내 인생은 뭐였나 싶기도 하고…. 백 투 더 퓨처 챌린지를 백 프로 믿는 것은 아니지만 이렇게라도 의지해야겠더라고요. 미래로 돌아간다면 가족들을 다시 찾아갈 겁니다. 만약 돌아가지 못한다면… 이번 삶에서만큼은 가족들과 함께 살아보려고요."

"그럼 똑같은 사모님을 만나실 건가요?"

"그래야겠죠. 같은 상대와 비슷한 시기에 결혼하면 운명적으로 미래에 태어났을 아이와 같은 사람으로 자란다는 루머도 있으니까요. 대표님은요?"

"연락이 안 되네요. 아내가 먼저 연락하지 않는 이상 알 방법이 없어요."

홍 상무는 현기에게 자신도 연락할 방법이 없었으나 인터넷카페에서 흔적을 찾았다며 웹상에 이산가족 상봉 커뮤니티가 많이 생겼으니 그것을 이용해보라고 말해줬다.

현기는 집에 돌아가 초인종을 눌렀다. 아직 아버

지가 귀가하지 않았는지 아무런 소리가 나지 않았
다. 요구르트 파우치를 슬쩍 열어보니 열쇠가 숨겨
져 있었다. 현기는 빨리 디지털 도어락이 출시되면
좋겠다고 생각하며 문을 열고 들어갔다.

정말로 인터넷을 이용해 주명을 찾아볼까 하는
생각이 들었다. 노트북은 아버지가 가지고 나갔는지
보이지 않았다. 현기는 다시 집을 나와 학교 컴퓨터
실로 향했다. 방과 후인데도 많은 학생들이 웹 서핑
을 하고 있었다. 현기의 아버지는 가정용 PC를
2001년에 구입했다. 늦은 편이긴 했지만 그 덕분에
사양이 나쁘지는 않았다.

현기는 얼마 전 원래의 역사보다 빠르게 컴퓨터
를 구매하려고 했다. 하지만 새로운 2000년이 되자
집에 컴퓨터가 없던 미래인들이 동시다발적으로 PC
를 주문했다. 미래에 나올 컴퓨터의 가격 대비 성능
을 알고 있는 입장에서 저가형 스마트폰보다 못한
사양의 PC를 비싼 가격을 주고 사야 한다는 것이
아까웠지만 방법이 없었다. 사회에서 뒤처지면 안
된다는 것을 잘 알고 있으니까.

덕분에 주문이 밀렸고 그 결과 이렇게 컴퓨터실

로 사람들이 몰려든 것이다. 현기가 엠파스에 이산가족 찾기를 검색하니 1983년 이산가족 상봉에 대한 글 위주로만 검색이 되었다. 이제 막 출시된 다음과 네이버도 마찬가지였다. 국산 포털사이트들이 지식인 등의 서비스를 시작하기 전이라 그런지 데이터 자체가 부족한 것 같았다. 하지만 야후나 라이코스, 알타비스타 같은 해외 검색엔진도 결과는 동일했다.

현기는 방식을 바꿔 인터넷 커뮤니티를 찾았다. 2005년 졸업생 모임, 2020년 입사동기모임 등 미래 시제로 개설된 친목 사이트였다. 그야말로 과거의 동창을 찾아준다는 아이러브스쿨의 거꾸로 버전이었다. 회원가입 페이지로 들어가니 클릭 한 번에 현기가 태어난 출생 연도가 보였다. 얼마 전의 미래에서 다른 사이트에 회원 가입할 때 출생 연도를 찾기 위해 마우스 스크롤을 한참 내렸던 기억을 생각하니 기분이 묘해졌다. '그사이에 태어난 사람들은 다 사라졌겠구나.' 현기는 이제야 미래로 돌아가고 싶어 하는 사람들의 심정이 이해되었다.

대한민국 타임슬립 실종자 수 1천만 명. 단순히

숫자로, 머리로는 알고 있었으나 자기 일이 아니어서 그런지 그 마음을 직접적으로 느껴보진 못했다. 부하직원이었던 사람들도 많이 있었을 텐데… 정도의 감상이 다였다. 현기는 자신이 타임슬립으로 이득을 못 보았다고 아쉬워했지만 이런 측면에서 보면 다른 사람들보다 훨씬 나은 상황일 수도 있던 것이다. 이렇게 생각하니 주명을 만나야겠다는 마음이 더 강해졌다. 하지만 현기의 노력에도 불구하고 주명의 흔적은 보이지 않았다. 인터넷으로는 접근이 어렵겠다는 느낌이 든 현기는 발로 뛰기로 했다. 주명이 만화를 연재했었던 잡지의 출판사라면 현재의 주명과 연락할 방법이 있을 거라는 판단이었다.

지금은 신입사원이지만 미래엔 편집장이 되는 황도우가 출판사에 방문한 현기를 맞이했다.

"선생님, 잘 찾아오셨습니다. 제가 작가님 주소를 알고 있습니다."

성인이 작은 꼬마에게 선생님이라고 하는 모습은 누군가에겐 이상하게 보일 수도 있지만 현기나 황도우 모두 적응이 되었는지 자연스러웠다.

"감사합니다. 정말 다행이에요. 근데 편집장님이 제안하셨을 때 우리 누나 어때 보였나요?"

편집장이라고 불린 황도우는 현재의 편집장 쪽 눈치를 잠깐 보다가 웃으며 답했다.

"조금의 고민하는 틈도 없었어요. 무조건 하겠다고 하시던데요?"

"그랬군요. 역시….'"

집에 돌아온 현기는 황도우가 적어준 주명의 현재 주소를 한참이나 바라보았다. '지금 가장 신나게 그리고 있을 텐데. 방해하면 안 되겠지….' 현기는 주명에게 시간을 조금 더 주고 싶었다. 이때 현기의 아버지가 돌아왔다. 술에 잔뜩 취한 모습이었다.

"무슨 일 있으세요?"

걱정된 현기가 물었다.

"아니다. 재밌어서 그래. 재밌어서!"

아버지는 붉어진 얼굴로 활짝 웃으며 말했다.

"원래대로면 오성이 그 친구랑 이렇게 하루하루 재밌게 회의하면서 회사를 꾸려갔을 텐데… 아쉽기도 해. 뭐 그만큼 소중함을 알아서인지 의견을 나누는 순간들이 다 즐겁고 그러네. 그건 그렇고 너는 지태랑 잘 지내고 있니?"

"아, 아직이요."

현기가 시선을 피하자 아버지가 황당해했다.

"정작 우리는 잘 지내고 있는데 네가 왜 뒤끝이 있냐? 웃기는구만."

현기는 자신의 마음을 몰라주는 아버지가 야속했다.

"저는 아버지가 더 이해가 안 가요. 저요, 어렸을 때부터 나이 먹어서까지 오 회장을 증오하면서 살았어요. 근데 그게 그렇게 하루아침에 확 바뀌겠어요?"

"에이. 아빠 친구한테 오 회장이 뭐야. 오성 아저씨지."

"오 회장은 미래에 대한 기억이 없잖아요? 지금 정신적인 나이는 제가 그 아저씨보다 많네요."

"그게 그렇게 되나? 그래도 사회적인 나이가 있는데….'

"아무튼요! 지금 세상이 아직 어떻게 될지도 모르잖아요. 빽퓨교를 믿는 건 아니지만, 진짜 백 투더 퓨처 챌린지가 성공해서 미래로 돌아가버리면 어쩌려고요? 이 시대에서 계속 사는 것이 확실하지도 않은데 오 회장네 집이 쉽게 용서되나요?"

"돌아간다면… 물론 아쉽지. 아쉬울 거야. 그런데… 우리한테 이런 가능성이 있었다는 걸 체험하는 것만으로도 충분히 만족할 것 같아."

모든 것을 체념하고 있었던 아버지와 실제로 복수를 실행했던 현기 사이의 입장 차는 생각보다 컸다.

"어휴. 제가 알아서 할게요."

현기는 사춘기 아들처럼 자기 방으로 들어갔다.

다음 날, 현기가 학교를 가보니 하나가 쪽지를 돌리고 있었다. 생일잔치 초대 편지였다. 현기에게는 하나의 생일잔치에 참석한 기억이 없었다. 저학년 때는 반 친구들의 생일잔치에 모두 참석했지만 고학년이 되면서는 학원도 등록했기에 정말 친한 친구의 파티만 갔었다. 그렇지만 이번 생일만큼은 참석해야 할 것 같은 분위기였다.

현기는 초등학생의 생일잔치에 가는 것도 복잡한 마음을 환기시켜줄 소소한 이벤트가 될 거라고 생각했다. 방과 후 문구점을 찾은 현기는 하나에게 줄 생일선물을 고민했다. 어른들을 위한 선물은 많이 했지만 진짜 초등학생을 위한 선물은 아들을 위한 것 말고는 오래간만이었다. 현기는 고민 끝에 학용품 세트를 골랐다. 물가의 차이도 있었지만 어린이용 제품이어서 그런지 현기의 생각보다 저렴했다.

하나의 생일잔치는 원래 패스트푸드점에서 열렸었다. 맞벌이를 했던 하나의 부모님에겐 생일을 준비할 시간적 여유가 부족했기 때문이었다. 하지만 미래의 기억을 가지고 돌아온 부모님은 다시 한번 딸의 생일잔치를 해줄 수 있다는 것에 감사하며 오직 이날만을 위해 일정을 조정했다. 생일잔치에 참석한 모두가 이번 파티의 상징성을 잘 알고 있었다.

원래의 역사보다 많은 친구들이 하나의 생일잔치에 참석했다. 하나와 제대로 작별하지 못했었다는 미안함 혹은 아쉬움 때문일 것이다. 하나의 집에서 열린 생일상은 초등학생을 위한 것치고는 굉장히 화려했다. 김밥으로 쌓아 올린 탑처럼 기본적인 차림은 물론이고, 출장뷔페 급의 요리들이 식탁에 빼곡히 채워져 있었다.

"와… 스케일이 무슨 칠순도 아니고…. 이거 부조

금이라도 챙겨왔어야 했네요."

아이들은 하나의 부모님께 웃으며 너스레를 떨었다.

"아니에요. 와주신 것만으로도 정말 감사합니다. 매번 생일 때마다 마음이 안 좋았었는데…. 저희 부부, 하나 사고 이후에 갈라섰었어요. 서로의 책임이라고 생각했거든요. 그런데 2000년으로 돌아왔을 때 어찌나 기쁘던지…."

하나의 부모에게 이 타임슬립은 축복이었다. 현기는 그들에게 아이를 먼저 떠나보냈다는 동질감을 느끼면서도 자식이 살아난 상황이 부러웠다. 얼마 전 현기 자신이 타임슬립 재난 속에서 다른 부모들보다 나은 상황이라고 생각했던 것이 무색해졌다. 인생의 모든 유불리는 상대적이었다. 그래, 사람마다 조건이 다르다는 것을 받아들이자. 아니 사람뿐만 아니라 이 세상 모든 동식물이 운에 의해 운명이 갈린다. 개인의 의지로 할 수 있는 것은 처음 세팅된 그 운명의 트랙 안에서 상황을 더 좋게 만들거나 나쁘게 만드는 것일 뿐. 아버지의 일은 해결되었다. 이제 내가 할 수 있는 것들을 하면서 내 인생을 살자. 현기가 이런 복잡한 생각을 하고 있을 때 하나가 케이크 앞에 섰다.

"한동안 다들 내가 알던 그 친구들이 아니어서 슬펐는데, 요 며칠 다시 원래처럼 돌아간 것 같았어. 그래서 생일잔치 오라고 용기를 낼 수 있었어. 다들 축하해줘서 고마워."

하나로서는 참 이상한 한 달이었다. 교실에서의 혼란스러운 상황에 이어 집에 돌아가보니 부모님이 부둥켜안고 울고 있었다. 뉴스를 보면서 어떤 일이 벌어지고 있는지 파악은 할 수 있었다. 하지만 와닿지는 않았다. 스스로의 의식에는 변화가 없었기 때문이었다. 그저 남들의 태도만 달라졌을 뿐… 모두 하나의 눈치를 보는 것 같았다. 하나가 무언가를 원할 때, 주변 사람들은 귀신같이 하나가 바라는 대로 해주었다.

과도한 관심과 친절은 하나에게 부담으로 다가왔다. 새로운 종류의 소외감이었다. 학교 친구들도 더 이상 또래라고 할 수 없었다. 하나로서는 이해하지 못할 말들을 나누며 미래를 대비했다. 점심시간에 몰래 술을 가져와 반주를 하는 아이도 있었다. 이 모든 것에 적응하기 어려웠다. 하지만 체육 시간을 계기로 반 친구들의 태도가 달라졌다. 다시 예전처럼 뛰놀고 아이처럼 말하는 경우가 많아졌다. 내가 알던 사람들이 아니라는 위화감은 줄어들었고 다시 예전처럼 지낼 수 있을 거라는 생각이 들었다. 용기를 낸 하나는 친구들에게 무사히 생일잔치 초대장을 전달할 수 있었다. 그리고 이번 생일잔치는 하나의 인생에서 가장 즐거운 기억으로 남게 되었다.

★

어느 정도 봐줄 만해졌다. 현재의 드로잉 실력에 대한 주명 스스로의 평가였다. 자신이 만화연재를 하던 때와 비교해 완전히 같은 그림체라고는 할 수 없었지만 최소한 팔아먹을 수는 있는 퀄리티였다. 사실 객관적으로는 주명의 전성기 때보다 그림 실력이 나아진 상태였다. 하지만 본인에 대한 기대치가 높았고 펜을 잡지 않던 시간 동안 그림을 평가하는 기준도 상향되어 실력이 상승했다는 사실을 눈치채지 못한 것뿐이다. 그런데 주명이 무덤덤하게 자신의 그림을 보는 이유는 따로 있었다. 그림을 그리는

데 아무런 재미를 느끼지 못했다. 즐기면서 그리는 것이 아니라 실력향상만을 위한 연습을 했기 때문이었다. 이건 마치 일을 하는 느낌이었다. 재미있어야 할 만화가 일처럼 느껴진다니. 원래 역사에서의 학생 주명은 상상도 못 할 마음이었다.

주명은 큰불을 껐다는 생각이 들자 배가 고파졌다. 갑자기 대왕카스테라의 이미지가 머리를 스쳐지나갔다. 대만식 카스테라를 다시 한국식으로 변형한 이 음식은 2010년대에 반짝 유행했다. 한 손으로 마우스를 사용할 때 남은 손으로 뜯어먹기 좋았던 주명의 최애 음식이었다. 하지만 2032년에는 가게가 많이 줄어들어 자주 먹지 못했다.

주명은 먹고 싶은 것이 생각나면 꼭 먹어야 하는 성격이었다. 하지만 지금은 2000년이다. 대왕카스테라를 파는 가게의 존재조차 없었다. 아니 앞으로 나올지도 확실하지 않았다. 대중적인 인기를 얻으면서 체인점들이 늘어났던 것인데 반짝 흥행 이후의 상황을 지켜봤던 사람들이 다시 대왕카스테라를 개업할지 장담할 수 없었다.

결국 집에서 카스테라를 만들어보기로 했다. 인

터넷 초창기라 그런지 웹상에는 공개된 레시피 정보가 부족했다. 다행히 관련 질문답변을 할 수 있는 요리 커뮤니티가 원래의 역사보다 미리 활성화되어 있었다. 요리사들이 많은 곳이어서 그런지 미래의 음식을 지금 팔아도 되는가 법적인 문제는 없는가 등등의 담론들로 가득했다. 그중에 대왕카스테라를 집에서 만들어 먹는 방법에 대한 글이 있었다. 주명은 그 게시물을 그대로 따라 해보았다. 하지만 밥솥으로 만들어서인지 그 형태도 맛도 기억과는 크게 달랐다. 기억 속의 카스테라는 앞으로는 절대 맛볼 수 없는 음식이구나… 주명은 깨달았다. 아니 음식뿐만이 아니지. 앞으로의 인간관계, 사회의 변화, 커리어. 모든 것들을 전의 역사와 똑같이 가려고 해도 그 결과는 분명히 무엇인가 다를 것이었다.

그렇다면 나중에 진호를 낳더라도 그 아이는 주명이 알던 아들이 아닐 확률이 높았다. 성장 과정이 달라지면 외형만 같을 뿐 다른 인격으로 자랄 테니까. 주명은 마음의 정리를 했다. 새로운 생에서는 현기를 만나지 않을 것이다. 어차피 아이가 생겨 이른 나이에 했던 결혼이었다. 서로 취향이 분명했고 각자에게 큰 간섭을 하지 않았기 때문에 부부관계에서의 불만은 없었지만 다른 옵션도 궁금했다. 마치 잘 쓰던 핸드폰을 다른 브랜드로 바꿔보려는 마음과 같은 정도의 것이었다.

띵동!

현기가 찾아온 것은 바로 그 순간이었다. 주명은 소름 돋는 타이밍을 신기해하며 문을 열었다. 주명 자신보다도 한참 작은 키의 현기가 상기된 얼굴로 서 있었다.

"주명 누나… 맞지? 학생 때는 눈이 이렇게 생겼었구나."

"내가 얘기했었잖아? 사진도 보여줬었고."

"아, 뭐라고 하는 거는 아니고, 그냥 신기해서."

"너도 두부 상인 줄 알았는데 어렸을 때는 까맸었네."

"이땐 선크림도 안 바르고 맨날 돌아다녔으니까."

재난으로 찢어졌던 부부의 재회 순간치고는 유치한 대화들이었다. 주명은 어떻게 주소를 알아냈는지 물었다. 현기가 인터넷 검색과 출판사 방문 등의 과정에 대해 설명해주자 주명은 혀를 찼다.

"편집장님도 참. 못 쓰겠다. 집 주소는 프라이버시인데 그걸 까고…."

"무슨 소리야? 가족인데 알려줄 수 있지."

"지금은 가족 아니야, 우리. 2000년을 살라는 정부 방침 몰라?"

현기는 예상치 못한 아내의 태도에 당황했다. 직접 찾아온 것에 대한 칭찬을 바란 것은 아니었지만 이렇게 냉담하게 나올 줄은 생각도 못 했다. 자신이 깨달은 감정들을 로맨스 영화의 클라이맥스 명대사처럼 쏟아부을 예정이었으나 고장이 나버렸다. 현기는 횡설수설했다.

"아… 난 그냥 이번 생은 복수할 상대도 없어졌고…… 어…, 이제야 제대로 된 인생을 살 수 있을 것 같아서… 이번엔 잘해줄 수 있다는 얘기를 해주고 싶었어."

주명은 한숨을 쉬며 답했다.

"나도 비슷한 이유로 다른 생각을 했어. 이번 생은 꿈을 포기하지 않을 거고, 하기 싫은 일을 하지도 않을 거야. 그래서 저번이랑은 다른 삶을 살아야

105

해. 미안해. 근데 생각해보면 아직 하지도 않은 결혼, 앞으로도 안 하겠다는 뜻이니까 별로 미안할 필요는 없지?"

현기는 할 말을 잊었다. 설득하고 싶었지만 마땅한 말이 떠오르지 않았다. 그저 어버버하다가 집으로 돌아갈 수밖에 없었다.

2

막간 그리고 리부트 위의 중간

시간관리국 내부자들이 목적이 불분명한 플래시백을 사용했다. 플래시백은 담당요원 한 명만 쓰는 것이 일반적이다. 그런데 일반인을 포함해서, 그것도 70억 인류 전체를 대상으로 발동시켰다는 것은 확실히 불순한 목적을 가진 행위였다.

"플래시백은 그저 과거를 저장해놓은 시뮬레이션일 뿐이잖아요. 거기선 역사를 못 바꾸지 않나요?"

서주의 순진한 질문에 혀느세브가 피식 웃었다.

"역시 현장팀이군요. 플래시백 안에서 역사를 바꾸지는 못해도 어떤 걸 알아낼 수는 있겠죠? 그럼

107

결국 역사가 달라지는 결과가 됩니다. 아주 심각한 사안이죠."

서주는 풀이 죽어 앞으로는 모르는 것이 있어도 물어보지 말아야겠다고 생각했다.

"일단 2032년 역사는 바뀐 게 없는 거 같은데?"

미느세브가 플래시백 기계에 저장된 기준역사 데이터와 현재의 2032년을 비교해보았다. 대충 보아도 수치에는 시각적인 차이가 없었다. 새로 시간의 틈문을 열어 시간관리국 직원이 무슨 짓을 하고 있는지 확인해볼 수 있었으나 그렇게 되면 이 배신자의 행동이 확정 역사로 적용된다. 기준역사로 복원하기 위한 뒤처리가 복잡해진다는 뜻이다. 차라리 문을 열지 않고 원인을 파악한 뒤에 사건 발생 전으로 미리 이동해 문제가 되는 요원만을 지워버리는 편이 깔끔했다.

"그럼 뭘 위한 거였지? 나비효과가 있을 수 있으니 시뮬레이션을 돌려보자."

혀느세브는 타임헤르메스를 사용해 현재의 역사가 이대로 흘러가면 어떻게 될지 체크했다. 상태창에 오류 알림이 떴다. 타임헤르메스는 사소한 주가의 변동도 감지하는 정밀한 기계였다. 이것이 오류를 일으킨다는 것은 미래가 크게 달라진다는 의미였다. 혀느세브는 시간의 틈 메인 컴퓨터를 조작해 21세기의 마지막 상황을 재생해보았다.

"미느세브, 이거 봐봐. 2099년이 확 달라지는데?"

기준역사 속 2099년 차트와 새로운 2099년의 차트 이미지는 크게 달랐다. 서주가 끼어들었다.

"그러고 보니 박여진 요원이 제 성향을 파악하려는 질문을 했던 거 같아요. 그런 식으로 함께 작업할 동료를 구한 거겠죠. 분명 한두 명만 개입된 시간 테러는 아닐 겁니다."

원래라면 일개 현장팀 요원인 한서주는 미느세브, 혀느세브와 같은 공간에서 이야기할 등급이 아니었다. 하지만 그는 전례가 없는 대규모 시간 테러 상황에서 유일하게 시간의 틈에 있었던 현지 요원이었다. 시스템 관리자인 미느세브와 혀느세브는 이곳을 비우는 것이 불가능하다. 따라서 그들은 한서주에게 의지할 수밖에 없었다. 2032년에 존재하는, 시간의 틈 바깥 그 누구도 용의자가 될 수 있었다.

"그 말은 21세기 얼리 대한민국 지부 전부가 배신

자라고 생각해도 된다는 건가요?"

서주가 고개를 가로저었다.

"플래시백 범위가 전 세계입니다. 오히려 어느 지부에서 이런 일을 저질렀는지 혼란을 줄 생각으로 저만 시간 유폐한 것일 수도 있죠."

"혹시 한서주 요원은 직장 내 따돌림을 당하고 있나요?"

서주는 더욱 강렬하게 고개를 가로저었다.

"그럴 리가 없어요. 제가 분위기 띄우려고 얼마나 농담도 열심히 잘하고 그랬는데."

"그래서 소외된 것일 수도 있죠. 뭐…."

미느세브가 씁쓸해했다.

"사실 제 얘기거든요. 열 번 시도해서 한 번 웃기는 정도의 확률인데… 그 한 번 웃겼을 때의 쾌감을 잊을 수가 없어서…."

"저희가 지금 이런 얘기하는 게 맞는 건가요? 아까는 심각한 상황이라면서요? 아니면 혹시 이것도 테스트 뭐 그런 것일까요? 혼란스럽네요."

서주가 미느세브의 말을 끊었다. 방금 전에 했던 다짐을 깨고 다시 질문을 퍼부었다.

현장팀 요원인 서주에게는 한가해 보이는 미느세 브의 태도가 이상하게 느껴졌다. 하지만 미느세브의 여유에도 이유가 있었다. 분명 비상 상황인 것은 맞지만 이 장소는 시간의 틈이었다. 딱 해결 가능한 시간으로만 한서주를 보내면 문제는 없을 것이었다. 시간에 쫓기지 않는 것에 익숙했던 두 시간관리자에게는 만담을 할 수 있는 정신적인 여유가 있었다.

　　"논리적으로 전 세계에 현장 요원이 얼마나 많은데 저만 유폐시킨 게 말이 안 돼요. 혹시 모르죠. 시간의 틈은 실존하는 공간의 개념이 아니니 여기 어딘가에 다른 요원들이 있을지도⋯."

　　혀느세브가 코웃음을 치며 메인 컴퓨터 옆의 스캔 버튼을 눌렀다.

　　"누군가가 이 공간에 존재하면 저희가 모를 수가 없죠."

　　그런데 그 순간 테니스공처럼 생긴 물체가 공중에 떠 있는 상태로 스캐닝 범위에 걸리며 모습을 드러냈다.

　　"아이코⋯ 들켰네."

　　혀느세브가 비명을 질렀다.

"언, 언제부터….."

"아까부터 보고 있었죠."

"재질이 뭐길래 알람이 안 울렸을까?"

미느세브는 다른 것보다 자신들이 테니스공의 존재를 알아채지 못했다는 것을 더 신기해하는 것 같았다.

"여러분은 시간관리국 직원 중에서도 선별된 사람이니 기준역사의 소중함을 잘 아시겠죠?"

혀느세브가 고개를 끄덕였다.

"물론 그렇지."

테니스공은 정중히 자신을 소개했다.

"저는 화성에서 만든 시간항원구체입니다."

"그게 뭔데?"

"여러분 용어로 타임백신이라고 하면 이해하시는 데 도움이 되겠네요."

"무슨 뜻인지는 알겠는데, 화성에서 만들었다고? 미래 기준역사에도 화성에 지적 생명체가 있다는 내용은 없는데….."

슈웅. 테니스공이 메인 컴퓨터 옆으로 날아가더니 기계와 결합을 했다.

"어라? 화성인이 만든 기기가 지구 컴퓨터랑 호환이 되네?"

"이건 뭐 제 임기응변이죠. 화면을 보세요."

모니터에는 푸른 지구의 이미지가 재생되었다. 지구는 서서히 푸른 빛을 잃어가더니 이내 붉어졌다.

"인류문명은 지구의 수명 내에서 자멸해버려 우주공동체의 구성원이 되는 데 실패합니다. 일부 우주선이 탈출하긴 했지만 공식적으로 지구 인간은 멸종하죠. 이게 지구의 마지막 기준역사입니다."

서주가 한숨을 쉬었다.

"인류가 결국 멸망한다니…."

반면 미느세브와 혀느세브는 이를 알고 있었다는 듯 가만히 있었다.

"우린 기준역사 끝까지 보고 왔으니까. 놀랍진 않아. 이제 우리가 모르는 걸 알려줘. 네가 온 목적이라거나?"

그러자 테니스공이 스피커를 통해 말을 이어 나갔다.

"인간의 문명이 사라지고 아주 오랜 시간이 지나요. 엄청난 우연들이 겹치면서 이번엔 화성에서 생명체가 태어납니다. 지구는 첫 지적생명체가 나올 때까지 네 번 대멸종을 했죠? 아! 엄밀히 따지면 다섯 번이지만… 아무튼 화성은 열두 번의 대멸종을 겪고 나서야 지적생명체가 생기는데 이들이 바로 저를 만든 존재들입니다."

미느세브가 고개를 끄덕였다.

"그 정도로 긴 시간이라면 우리가 모를 만도 하겠어. 생명체 공백기만 하더라도 지금까지의 지구의 생명 역사보다 긴 시간이었을 테니까. 화성의 상황도 지금이랑 딴 판 일 테고… 아무튼 그래서 어떻게 되는데?"

"이 세대에서 드디어 우리 은하를 벗어나 우주공동체의 구성원으로 인정을 받는 문명이 나옵니다. 태양계에는 아주 자랑스러운 일이죠. 그런데요… 그 기준역사가 갑자기 없어져버렸어요. 우리 은하 최고의 문명이 사라진 거죠. 그래서 타임백신인 제가 이유를 찾으려고 움직인 겁니다. 시간을 쭉 거슬러 올라가 모든 가능성을 살펴보니 역사가 달라지는 지점이 바로 이 시간의 틈이더군요. 당신들이 수습을 제대로 못한 채 문을 열어버려서 우주의 기준역사가 한꺼번에 바뀌었다 이 말입니다."

3

그러니까 한 번 더

지태가 눈치를 보며 포장마차로 들어왔다. 현기는 생각에 빠진 채 멍하니 떡볶이를 먹고 있었다. 지태는 종이컵에 어묵 국물을 담고는 현기의 옆자리에 앉았다.

"현기 네가 나를 먼저 찾고 무슨 일이냐?"

"그냥… 이게 다 뭔가 싶다."

"세상 바뀐 지 한 달이 지났는데 이제 와서?"

현기는 마치 술을 마시는 것처럼 어묵 국물을 들이켜고 나서 말했다.

"난 계속 이 타임슬립이 나한테 유리한지 불리한

지만 생각했어. 그러다 이제 그런 잔머리 굴리지 말고 그냥 살아보려고 했는데… 나한테 남은 게 하나도 없네. 좀 허무해서.”

지태가 의아해했다.

“우리 아버지도 잘하고 계시고, 전보다 훨씬 좋은 상황 아니야? 난 말이야, 평생을 죄책감 속에 살았어. 내가 하지도 않은 일 때문에 모두의 눈치를 봤지. 특히 너한테. 이 상황을 고칠 수 있어서 너무 다행이라고 여겼어. 근데 네가 그러면… 난 어떻게 해야 할지 모르겠네.”

여기서 지태가 무엇을 더해줘야 만족할 수 있을지 현기 본인도 알지 못했다. 현기 역시 지태에게 더 이상의 어떠한 죄가 없다는 것을 알고 있었다. 하지만 이전 역사의 기억은 아직까지도 지태를 왜곡해서 보게 만들었다. 심리적인 부분이기 때문에 지태가 어쩔 수 있는 문제가 아니었다.

“어떻게 보면 내가 이런 성격이 된 것도… 너희 가족 때문인 거겠지. 원래 역사에서 그런 일이 없었으면 내 인생 목표가 오성스타즈가 될 일도 없었을 테니까. 그럼 그딴 식으로 청춘을 허비하지 않았겠고 타임슬립을 했을 때 지금과는 다른 방향성으로 나아갔겠지.”

지태가 조심스럽게 물었다.

“혹시 다시 싸우자고 부른 거야?”

“아냐! 그런 거. 그냥 다 답답해서 그래.”

현기는 자신의 상황을 하소연했다. 지금까지는 목표가 뚜렷한 삶이었다. 초등학교 때까진 오씨 일가에 대한 적개심을 숨길 수 없었으나 중학교에 다닐 때부터 복수의 계획을 구체화했다. 마치 자신의 때가 올 때까지 바보인 척했던 흥선대원군처럼 돈 때문에 비굴하게 친구의 회사로 들어간 연기를 했으며 늑대의 이빨을 숨기고 지분을 모았다.

주명의 선택을 존중한다며 아내가 경제활동 대신 주부의 일상을 보내게 했던 것도 어떻게 보면 현기 자신의 일이 더 중요해 신경을 쓰고 싶지 않았기 때문이었다. 아들 진호에 대한 태도도 마찬가지였다. 성적은 중요하지 않다. 그냥 하고 싶은 일을 해라. 현기는 깨어 있는 부모인 척했지만 가정에 시간을 쏟지 못하는 자신을 정당화하기 위한 자기변명이었다.

오성에 대한 복수는 아버지가 시킨 것이 아니었

다. 그저 현기 자신의 의지로 복수에 바친 청춘인 것이다. 일반적인 40대라면 그 나이에 자연스럽게 얻었어야 할 다양한 경험과 감정들이 현기에겐 없었다. 하지만 괜찮았다. 복수만 할 수 있다면.

하지만 막상 복수에 성공했을 때 아버지는 별 반응이 없었다. 그리고 허무함을 미처 소화시키기도 전에 2000년으로 돌아와버렸다. 이제는 복수할 일조차 없다. 아버지는 잘 지내고 있다. 대신 자신의 아내와 아들. 미래의 가족을 만나지 못하게 될 상황이다. 혼자만 타임슬립한 거라면 자신이 아는 역사 지식을 활용해 돈이라도 벌겠으나 모두가 함께 과거로 온 것이기에 좋은 상황이 아니다. 그나마 다른 미래인들은 그동안 키워왔던 자신의 재능을 살려 두 번째 인생을 설계할 텐데 현기는 무엇을 해야 할지 몰랐다. 자신만의 인생을 살면 된다고 머리로는 알고 있지만 남들보다 훨씬 뒤처진 것 같은 느낌은 어쩔 수 없었다. 현기의 하소연을 한참 듣던 지태가 입을 열었다.

"근데 말이야. 너희 아버지한테 아무 일도 없었을 때… 원래 2000년의 너는 뭘 하려고 했어?"

"뭘 하려고 하긴. 그냥 아무 생각 없었지."

"그럼 아무 생각 안 하면 되잖아. 다른 애들처럼."

"어떻게 그러냐. 생각하는 방식이 이미 어른인걸."

"요즘 학교 분위기 달라진 거 몰라? 몸이 어려지면 정신도 어려진다고."

현기는 코웃음을 쳤다.

"잠깐 동안 컨셉질 하는 거 가지고. 걔들이 진심으로 뛰어노는 거겠냐고. 이벤트성으로 즐기는 거지. 나도 해봤는데 결국 잘 안 됐어. 조급해지기만 하고."

지태는 어떤 말로 현기를 설득할지 고민했다. 이대로 현기가 불행해진다면 마음이 개운치 않을 것 같았다.

"새로운 삶을 살아야겠다며. 그럼 2000년의 정현기 그대로 살아봐야지. 억지로라도 말이야. 집에 가서 일기장 한번 읽어봐. 일주일 치 통으로. 그리고 최대한 비슷하게 하루하루를 보내는 거야. 습관이 사람을 만든다고 또 모르지. 젊은 마음으로 새롭게 하고 싶은 일이 생각날지도…."

어차피 우울할 거 밑져야 본전이라고 생각한 현기는 방에서 일기장을 찾았다. 3, 4학년의 일기들이 책장에 보관되어 있었다. 초록색 표지에 '새모습 생활일기'라고 적힌 일기장들이었다. 현기는 '3학년-5권'이라고 되어 있는 일기장을 꺼냈다.

1999년 10월 17일 일요일 날씨: 맑음
오늘의 이야기: 딱지놀이
요새 딱지놀이가 유행이다.
아빠가 어렸을 때도 딱지놀이가 유행이었다고 한다. 그때는 신문지나 못 쓰는 종이를 사용했다는데 요새 와서는 만화나 게임 캐릭터가 그려진 딱지를 사서 한다. 못 쓰는 종이와 신문지로 딱지를 접으면 돈을 절약할 수 있는데.

현기는 피식 웃었다. 절약 얘기는 괜히 교훈적인 내용을 적어야겠다는 생각에 넣은 것 같았다. 의무감에 작성했던 일기였다. 그래도 귀찮기만 했던 그 일기 쓰기가 예전에 무슨 생각을 했었는지 확인할 수 있는 보조기억장치가 되어줄 줄은 꿈에도

몰랐다. 현기는 페이지를 넘겨 그다음 주의 일기를
펼쳤다.

1999년 10월 23일 토요일 날씨: 맑음

오늘의 이야기: 피자 4판

학교가 끝나고 피자 4판을 먹었다. 어제까지 합해
서 8판이다.

피자를 많이 먹은 것 때문에 아저씨와 아줌마를
잘 안다. 고구마도 공짜로 구워주신다. 더 먹으려고
했는데 엄마가 먹지 말라고 하셨다. 내가 생각해도
너무 많이 먹은 것 같았다.

이것 또한 약간의 허세가 느껴졌다. 어른의 입장
에서는 이게 무슨 허세인가 싶겠지만 현기는 어렸을
때 가졌던 마음을 유추할 수 있었다. 일기에서 언급
한 피자는 트럭에서 파는 미니 피자다. 굳이 미니라
는 글자를 뺀 것은 대식가로 보이기 위함이다.

1999년 12월 12일 일요일 날씨: 비

오늘의 이야기: 엄마의 입원

엄마가 몸이 안 좋아서 병원에 가셨다. 아빠는 짜장면을 사주시면서 며칠 동안 밥을 혼자서 먹어야 할 거라고 말씀해주셨다. 엄마가 빨리 나으면 좋겠다. 자판기에서 음료수를 뽑아 먹었다. 어렸을 때는 맛이 없는 음료수였는데 지금은 맛이 있었다. 혼자 밥을 먹어야 하는 만큼 나도 어른이 되는 것 같다.

현기의 가슴이 철렁했다. 이때까지만 해도 내가 어머니의 병을 잘 몰랐었구나. 아마 부모님은 알고 계셨을 것이지만… 현기는 얼마 뒤에 어머니가 돌아가실 줄을 상상도 못 했다. 그 와중에 음료수 얘기는 왜 한 것인지 현기조차 이 당시의 심리 상태는 이해가 가지 않았다. 현기는 뒤이어 나올 우울한 내용들은 일기로 확인하고 싶지 않았기에 4학년 분량으로 넘어갔다.

2000년 3월 29일 수요일 날씨: 맑음
오늘의 이야기: 억울한 일
황지언이 연필로 누구를 찔렀다.
꼭 내 눈을 찌른 것 같이 느껴져 나는 얼굴에 힘이

쭉 빠져서 엎드렸다.

그런데 선생님께서 내가 웃는 줄 아시고 나를 때리셨다. 너무 아팠고 창피했다.

거의 2시간쯤 벌을 받고 들어왔다.

정말 억울했다.

집에 와서 아빠한테 말씀드렸더니 내 편을 들어주시지 않고 또 혼내셨다.

3학년 때는 칭찬도 많이 받고 선생님이 예뻐해주셨는데 지금은 나를 조금 미워하시는 것 같다.

아빠는 내가 속마음을 잘 말을 안 해서 그렇다고 하신다.

3학년 때로 다시 돌아가고 싶다.

어떤 일기는 언제 이런 일이 있었나 싶을 정도로 아무 기억도 나지 않았다. 반면 이날 일기만큼은 어찌나 기억이 선명한지 그날의 장면이 현기의 머릿속에서 재생되었다. 반 친구들끼리 장난을 치다가 한 명의 얼굴에 상처가 났다. 현기는 그 모습을 보고 놀라 몸을 부르르 떨었다. 이때 선생님이 친구가 다쳤는데 웃냐면서 현기의 멱살을 잡고 교실 앞으로 끌어낸 뒤 발로 밟았다. 미래에 발생했다면 선생님 쪽이 징계를 받을 만한 체벌이었다. 더욱이 아무 잘 못도 하지 않은 학생을 향한 폭력이었으니 말이다. 선생님은 사과를 하시지는 않았지만 시간을 두고 지켜보면서 현기가 자신이 생각하던 못된 학생이 아니라는 것을 알아서인지 이후엔 관계가 더 나빠지지는 않았다.

초등학교를 졸업하고, 세월이 흐르자 현기에게서 그 선생님에 대한 악감정은 사라졌다. 하지만 선생님에게 밟히던 그 순간만큼은 살면서 문득 기억이 나긴 했다. 그저 이 일을 일기에까지 적었을 줄은 몰랐을 뿐. 현기는 씁쓸하면서도 아련한 기분이 들었다. 이 시절 일기들은 선생님이 확인한다는 걸 알았을 텐데 어떤 마음으로 이 글을 썼을까. 일기의 앞 뒷장에는 대부분 선생님의 코멘트가 있었지만 해당 일기에는 비워져 있었다. 선생님은 이 일기를 자신을 향한 공격으로 받아들이셨을까? 현기는 아버지에게 일기를 보여드렸다.

"이때 아들이 밖에 나가서 맞고 왔는데 왜 저를 혼냈어요?"

"그때는 나도 네 엄마 때문에 슬프고 그런 차에 네가 선생님한테 혼나고 왔다고 하니까… 답답해서 그랬을 거다. 그래도 끝에 속마음 얘기를 한 걸 보면 그냥 나무라기만 한 거는 아닌 거 같은데?"

아버지는 머리를 긁적이며 얼버무렸다. 현기는 아버지가 최선의 행동을 했다고 생각하지는 않았지만 그렇다고 딱히 아버지에게 뭐라고 하고 싶은 것은 아니었다. 하지만 일기를 읽고 침대에 누우려니 잠이 오지 않았다. 현기의 복수 본능이 다시 깨어났다. 복수라고는 해도 선생님에게 물리적인 피해를 주는 것보다는 사과를 받아내야겠다는 마음이었다. 다음 날 현기는 일기를 들고 교무실로 향했다.

"선생님은 기억하시겠죠. 이때 왜 그러셨어요."

올 것이 왔구나 싶었는지 고개를 숙이는 선생님을 보며 현기의 마음이 약해졌다. 사실 선생님은 요즘 삶의 의미를 잃은 상태였다. 미래에서 온 지인들로부터 자신이 2028년에 세상을 떠난다는 사실을 들은 데다, 자신보다도 지식이 많은 상태의 학생들에게 억지로 수업을 하는 것 등 모든 상황이 선생님의 의욕을 증발시켰다. 이 상태에서 학생이 시비를 걸어온다면 폭발할 수도 있는 상황이었다. 하지만 선생님은 자포자기의 심정이어서 그런지 오히려 꼬마의 모습을 하고 있는 현기에게 솔직한 마음을 털어놓았다.

"현기 학생도 이제는 알겠지만 고학년이 되면 말을 안 듣는 학생들이 많아져요. 서서히 2차 성징을 하는 시기이기도 하고요. 저는 나이 들어 몸도 마음도 약해지는데 학생들 성향은 해가 갈수록 계속 무서워졌어요. 이 늙은 선생님은 솔직히 고학년 학생들을 어떻게 지도해야 할 줄 몰랐습니다. 저는 일종의 생존 수단으로 무서운 선생님이라는 인식을 심어줄 필요가 있었어요. 학생들이 무시하지 못하게요."

"제가 그런 학생이었나요?"

현기가 발끈했다.

"물론 지금은 아닌 걸 알아요. 하지만 당시엔 구별할 수 없었습니다. 그 일은 학기 초에 있었죠. 남학생 둘이 장난을 치다가 얼굴에 피가 났어요. 어떻게 수습해야 하나 머리가 하얘졌습니다. 쉬는 시간이라고 아이들을 방치했던 제 책임인 것도 같았죠. 학생 개개인들은 본인 시점만 보였겠지만 교탁에서 바라본 교실 전체는 정말 혼란스러웠어요. 그 와중에 현기 학생의 동작은 웃는 것처럼 보였어요. 저는 선생님으로서 잘못된 상황을 바로잡아야 했습니다. 하지만 현기 학생은 웃은 게 아닌 놀라서 몸을 떤 것이라고 했죠. 미안하게 생각합니다."

선생님의 목소리에서 떨림이 느껴졌다. 애초에 현기에게 존댓말을 하는 것에서부터 심각한 상황임을 인지하는 듯했다. 하지만 이 정도의 사과로는 부족하게 느껴졌다. 무엇보다 현기의 마음에 걸리는 말이 있었다.

"그 뜻은 만약 제가 정말로 웃은 거라면 발로 밟으신 것이 정당하다는 뜻인가요?"

물론 선생님은 미래인이 아니다. 현기의 기억으로는 고등학교 때쯤부터 교사의 체벌이 없어졌다. 미래에는 학생이 나쁜 짓을 하더라도 체벌을 하면 안 되지만 원래의 2000년까지는 나쁜 짓은 커녕 공부를 못하는 것만으로도 맞을 수도 있었다. 그래서 현기의 문제 제기 자체가 이 선생님에게는 통하지 않을 가능성이 컸다.

"생각해보니 제가 말실수를 했군요. 사실 수습 방법 자체가 문제였던 것 같습니다. 지금이라면 다른 식으로 학생들을 조용히 시켰겠죠. 제가 부족했던 탓입니다."

"그러면 다시 기회가 주어진다면 어떻게 하셨을 건가요?"

"소란을 수습은 해야 했으니 교탁의 종을 쳤을 겁니다. 어떻게 해서든 주목은 시켜야 했으니까요. 대신 그 어떤 학생을 희생양으로 만들지는 않았을 겁니다."

선생님은 미리 준비한 것처럼 대답했다. 스스로도 이 사건에 대해 후회하면서 복기했다는 것이 느껴졌다.

"일기장에 코멘트는 왜 안 해주셨죠?"

"무슨 말을 써야 할지 정말 몰랐습니다."

이쯤 되니 현기는 자신이 선생님을 과하게 추궁하는 것처럼 느껴졌다. 하지만 대화의 끝은 내야 했다.

"저는 이 페이지만 빈칸으로 두고 싶지 않습니다. 지금이라도 코멘트 남겨주세요."

현기가 일기장을 선생님께 들이밀었다. 선생님은 잠시 고민하더니 빨간 펜을 들어 코멘트를 적었다. 현기는 나이 많은 분에게 너무한 것인가 싶기도 했지만 이내 마음을 다잡았다.

'선생님이 오해를 했네요. 정말 미안해요. 지금이라도 사과의 마음을 전합니다.'

특별한 문장도 아니었지만 뭔가 후련했다. 다이어리의 빈칸을 드디어 채운 느낌이었다. 선생님께 정중하게 인사를 하고 나온 현기는 이런 행동 자체가 과거에 했어야 하는 일을 해결하는 일종의 버킷리스트가 아닐까 생각했다. 그래 내가 해야 할 일은 바로 이거다! 어린 시절에 하고 싶었으나 어쩌다 보니 못 했던 것들, 마땅히 즐겼어야 했지만 당시에는 너무 어렸기 때문에 소중함을 모르고 날렸던 일상들, 아버지의 일 때문에 애써 지나쳐야 했던 일들. 그런 것들을 해보자. 현기는 이제야 목표가 생긴 것 같아 기쁜 나머지 수업 시간 동안 환상의 버킷리스트를 뚝딱 적어냈다. 그리고 하루하루 마치 과제를 수행하듯이 목표를 달성해 나갔다.

환상의 버킷 리스트 1 — 친구와 게임하기

현기는 순성과 함께 PC방으로 향했다. 아직 프랜차이즈 PC방이 많지 않던 때여서 체계가 잡혀 있지는 않았다. 바탕화면은 지저분했고 볼마우스의 볼이 빠져 있는 마우스도 있었으며 모니터도 부족했는지 일부 컴퓨터에는 TV를 연결시켜 놓았다. 하지만 이 그림이야말로 기억 속의 PC방이었다. 몇 년 후 프랜차이즈 PC방이 대중화되었을 때는 친구들과 게임할 여유 따윈 없었다. 순성이 카운터에서 스타크래프트 CD 두 장을 받아왔다.

"와! 스포닝 풀이 150원이네! 왜 이때 4드론 열심히 안 했을까?"

미래에도 여전히 이 게임을 하고 있던 순성에 비해 현기의 게임 경력은 짧았다. 딱 초등학생 때만 즐겼기 때문이었다. 아무래도 요즘의 게임 환경을 알고 있는 순성의 실력이 압도적으로 좋았다. 순성은 적응이 끝나자마자 현기를 제압했다. 현기는 게임에 지면서도 좋았다. 현기는 중학교, 고등학교에 다니던 때에도 시험 기간이 끝나는 날 PC방에 몰려가는 친구들을 부러워할 뿐 함께 하지는 않았다. 뭔가 해소가 되는 느낌이었다.

환상의 버킷 리스트 2 ─ 친구에게 마음의 빚 갚기

같은 반 체육부장 친구가 전학을 간 이후, 원래의 역사에서도 체육부장 자리는 오랫동안 공석이었다. 체육 선생님도 딱히 체육부장이 필요하지 않았고 이는 담임선생님도 마찬가지였다. 그리고 교장 선생님이 학사일정대로 체육대회를 열겠다고 공표하자 자연스럽게 체육부장 재투표 시간이 찾아왔다. 원래의 역사에서 최종현이라는 친구가 손을 번쩍 들어 출마를 선언했다. 공식 선거가 아니었으므로 투표 없이 학생들이 손을 들어 지지 의사를 표명하는 방식이었는데 아무도 손을 들지 않았었다. 그 순간 종현은 떨리는 눈으로 현기를 보았다. '우리 같은 유치원 나왔잖아. 너라도 손을 들어줘.'라고 마음의 소리를 전하는 느낌이었다.

하지만 그 시절의 현기는 종현의 눈빛을 애써 무시했다. 아무도 손을 들지 않는데 혼자만 지지하는 것은 부끄러웠다. 현기는 훗날 이 순간을 후회했다. 나라도 도와줬어야 했는데…. 이제 그 짐을 덜 시간이었다. 선생님이 체육부장을 하고 싶은 사람은 자리에서 일어나라고 말했다. 현기는 종현을 쳐다보았다. 종현이 일어서자마자 손을 번쩍 들리라. 그런데 아무도 자리에서 일어서지 않았다. 현기는 아차 싶었다. 출마하지도 않았던 현기조차 종현에게 이입해 얼마나 부끄러웠을까 상상했는데 본인은 오죽했겠는가. 종현 역시 출마를 원치 않는 것 같았다.

잠시 고민하던 현기는 손을 들어 종현을 추천했다. 종현은 당황하더니 이내 자리에서 일어섰다. 그러자 기적이 일어났다. 반 친구 대부분이 동시에 손을 들어 종현에게 힘을 실어준 것이다. 현기와 종현은 감동했다. 하지만 실제로 반 친구들은 큰 고민 없이 이 시간을 빨리 지나가게 하기 위해 첫 번째 후보에게 표를 몰아준 것뿐이었다.

쉬는 시간이 되자 종현이 현기를 찾아 왜 자신을 추천했는지 물었다. 현기는 원래의 역사에서 벌어졌던 일을 후회했다며 이런 방식으로라도 마음의 빚을 덜고 싶었다고 설명했다. 그러자 종현은 고개를 갸우뚱했다.

"내가 그랬었나?"

종현은 별생각이 없었던 것으로 보였다. 현기는 이것이 '맞은 사람은 발 뻗고 자고, 때린 사람은 발 뻗고 못 잔다'는 것인가 싶었다. 하지만 한편으로는 아쉬워했던 행동 하나를 수정했으니 최소한 자기만족은 된 거 아닌가 뿌듯함을 느꼈다.

환상의 버킷 리스트 3 ─ 기마전 승리

부모님도 초청해서 크게 열리는 가을 운동회와 달리 여름 체육대회는 비교적 작은 규모의 행사였다. 가을의 메인 운동이 박 터트리기라면 여름대회의 가장 큰 운동은 단체 기마전이었다. 학급당 네 명씩 세 개 팀이 출전해서 짝수반과 홀수반이 힘을 겨룬다. 학년당 12개 학급이 있었으니 투입되는 인원이 많았다. 신호탄이 경기의 시작을 알리는 순간 양쪽 팀이 동시에 출발하는 모습은 마치 전쟁영화를 연상시켰다. 현기가 고등학생이 될 때쯤에 너무 위험하다는 이유로 해당 종목이 없어졌으니 미래인이 섞인 지금은 기마전 자체가 취소될 수도 있었으나 교장 선생님은 학교 전통을 지켜야 한다며 강행했다.

현기도 원하는 바였다. 원래의 역사에서, 기마전 기수가 된 현기는 상대편 기수인 지태의 모자를 빼앗고 싶지 않았다. 친한 친구끼리 굳이 피해를 주고받을 필요가 없어 보였다. 그래서 일부러 다른 반 기수를 공략하고 있었는데 그 순간 뒤에서 지태가 모자를 낚아챈 것이었다. 지태는 오히려 친하니까 먼저 승부를 본 것이라고 했지만 당시의 현기는 이해할 수 없었다.

　다시 열리는 체육대회 당일! 왼쪽 다리는 순성의 팔에, 오른쪽 다리는 종현의 팔에 의지한 채 모자를 쓰고 우뚝 선 현기는 반대편의 지태 기마를 노려보았다. 이번에는 지태만 노린다! 현기는 지태가 무슨 생각을 하고 있는지 예측할 수 없었다. 순성과 종현에게는 저번 역사에서 모자를 빼앗긴 것에 대해 복수하는 거라고 만 말했지만 아버지의 일에 대한 감정도 안 섞일 수는 없었다. 혹시나 미안한 마음에 지태가 일부러 져주려나 걱정도 되었다.

　다행히 아니었다. 신호탄이 터지자마자 현기의 기마와 지태의 기마는 다른 이들을 철저히 무시한 채 서로를 향해 달려들었다. 양측 다 받침을 맡은 친구들 몸집이 또래에 비해 좋았으므로 승부는 현기와 지태에서 갈릴 터였다. 현기는 모자를 빼앗기 위해 팔을 뻗고 휘청거리며 재미를 느꼈다. 얼마 전 놀이터에 억지로 갔을 때와는 달랐다. 그때는 이 시대에 살 이유를 찾기 위해 억지로 했던 어린 시절 즐기기였다면 이번에는 스스로 과거의 공기, 어린이의 몸, 현장의 분위기 등을 제대로 느끼고 있었다. 자연스럽게 미소가 지어졌다. 비록 다른 기수가 지태의 모자를 빼앗았지만 현기는 분한 느낌을 받지 못했다. 지태와의 승부는 더 이상 중요하지 않았다. 그저 재미있었을 뿐.

환상의 버킷 리스트 4 — 수학여행 가기

원래 현기는 두통을 핑계로 수학여행을 가지 않았다. '내가 평일 낮에 상가를 돌아다니다니!' 하고 감탄하며 사흘 동안 좋다고 놀았던 현기였지만, 3년 뒤 졸업앨범을 받았을 때 후회했다. 추억사진 섹션에 자신의 사진도, 추억도 없었기 때문이었다.

정말 신기하게도 수학여행 기간이 되자 약속한 듯 두통이 찾아왔다. 그런데도 현기는 이를 악물고 수학여행에 따라갔다. 숙소에서의 첫날 밤. 원래대로라면 베개 싸움을 했겠지만 다들 지쳤는지 바로 취침 준비를 했다. 수학여행 일정을 제대로 즐긴 탓이었다. 유적지를 열정적으로 투어했고 박물관의 전시들도 꼼꼼히 살폈다.

막상 술을 숨겨온 학생들도 적었다. 주류에 대한 호기심도 없고 귀찮기도 한 모양이었다. 정작 원래의 역사에서 모범생이었던 현기가 소다통에 칵테일을 담아왔다. 일반적인 수학여행에서는 이런 일이 벌어진다고 해서 아버지에게 떳떳하게 요청해 받아온 술이었다. 현기와 같은 방을 배정받은 순성과 종현은 그 덕에 별 노력없이 자기 전에 술을 마실 수 있었다. 신체가 아직 알콜에 익숙하지 않은지 적은 양에도 취기를 느낀 순성이 먼저 자리에 누웠다. 현기는 음주의 증거들을 없앤 뒤 불을 껐다. 고요했다. 모두 수학여행 첫날 숙소에서의 밤이 이렇게 조용하면 안된다고 생각했다. 아이들은 천장을 보며 각자 요즘 느끼는 생각들을 밝혔다. 종현은 아직까지도 이게 꿈이 아닐까 의심하고 있다고 했다.

"생각할수록 비현실적인 일 아니냐? 어떻게 전

세계 사람이 다 이럴 수 있어."

이 시간에 감사하게 된다고 종현은 말했다. 순성이 이어 입을 열었다.

"난 충분히 즐긴 것 같아. 이제 미래로 돌아갔으면 좋겠어."

현기는 순성이 타임슬립을 즐기고 있다고 생각했기에 그 발언에 놀랐다. 하지만 그 이유를 들어보니 납득이 갔다.

"다음 달에 우리 막내 동생이 태어나거든. 이름은 똑같이 은성이로 하기로 했는데… 이번에 태어나는 은성이가 내가 아는 그 은성이가 아니면 어떡해? 우리 가족이 함께했던 기억이 없으면?"

순성의 목소리에서 불안감이 느껴졌다. 타임슬립의 날 이후로도 많은 아이들이 태어났지만 그들의 물리적인 몸은 아직 의사표현을 할 정도가 아니었기 때문에 미래의 기억을 가지고 태어났는지 알 수 없었다. 순성의 입장에서는 당연히 걱정할 상황이었다. 심각한 주제 때문에 현기는 '원래라면 오지 않았을 수학여행'에 와서 좋다는 감상을 말할 타이밍을 놓쳤다. 애초에 친구들은 현기가 원래 수학여행에 빠졌었는지도 기억하지 못했다. 아쉬웠지만 그렇다고 기운이 빠지지도 않았다. 원래 이 버킷 리스트는 현기의 자기만족을 위한 것이었다. 그는 심지어 장기자랑에도 나갔다. 이것 또한 버킷 리스트였다.

환상의 버킷 리스트 5 ─ 친구들 앞에서 노래 부르기

현기는 부끄럼쟁이였다. 혼자 있을 때는 계속 노래를 흥얼거렸지만 사람이 들을 것 같은 때는 조용히 있었다. 평가받는 것도 싫었다. 가창 실기 시험은 음악 시간 중 최악의 순간이었다. 사람들이 주목하는 것도 창피해서 발표수업 때도 나서지 않았다. 그랬던 현기의 성격은 성인이 되고 일을 하게 되면서 서서히 달라졌다. 사회적 위치가 올라갈수록 마이크를 잡을 일도 많아졌다. 사회가 만든 인공적인 성향이라고도 할 수 있지만 어쨌든 긍정적인 변화였다. 이왕 수학여행에 온 김에 장기자랑 시간에 노래까지 부르자고 결심한 현기는 무대에 나갔다. 무슨 노래를 할지 고민하다 자신이 가장 좋아하는 추억의 노래를 주문했다. 레크리에이션 진행자는 자신도 좋아하는 노래라며 노래방 기계를 조작했는데 아무리 검색해도 나오지 않았다. 이때 순성이 그 노래는 고등학교 때에 발표되는 곡이라며 비웃었다.

진행자는 춤이나 추고 들어가라며 댄스곡을 틀었다. 현기는 대충 리듬에 맞춰 몸을 흔들긴 했으나 그것은 춤이라고 부르기 민망한 몸동작이었다. 자신의 18번 곡을 부르지 못해 아쉬웠던 현기는 결국 그 노래를 집으로 돌아오는 버스에서 무반주로 불렀다. 다행히 하나와 선생님을 제외한 모두에게 그 노래는 추억의 명곡이었기에 호응이 좋았다. 현기가 떼창을 리드한 것은 원래의 역사와 미래를 통틀어서 이 순간이 처음이었다.

환상의 버킷 리스트 6 ― 여자친구 사귀기

수학여행 캠프파이어의 밤을 기점으로 학교에는 이상한 유행이 돌기 시작했다. '불륜놀이'라고 불리는 이것은 미래에 다른 상대와 결혼을 했던 사람들이 새로운 애인을 만드는 것이었다. 당연히 아직은 결혼하지 않은 상태이니 진짜 불륜이라고는 할 수 없었다. 애초에 2차 성징도 하지 않은 이들의 연애를 불륜이라고 부를 수 있겠냐마는 불륜놀이를 하는 커플들은 배덕감 그 자체를 즐기는 듯했다. 현기는 초등학생 때는 물론이고 고등학생 때까지 연애를 해본 역사가 없었다. 그래서인지 막 성인이 되어 만난 주명 누나에게 바로 넘어갔다.

현기의 입장에서는 젊은 나이에 만화로 돈을 벌고 있는 주명 누나가 굉장히 멋있게 보였다. 연애에 환상이 있던 사람일수록 결혼에도 로망이 있다. 현기는 빨리 가정을 이루어 안정적인 환경이 된다면 다른 데 한눈팔지 않게 되어 복수에 집중하게 될 거라고 자신을 안심시켰다. 이러한 마음으로 현기와 주명 커플은 대학교도 졸업하기 전에 결혼식을 올렸다. 그런데 막상 시간이 지나니 너무 일찍 결혼한 것이 아닌가 싶었다. 첫 연애에 결혼을 하다니….

현기는 더 많은 사람을 만나보지 못한 것이 아쉬웠다. 그리고 이제 합법적으로 다른 사람을 만날 기회가 찾아왔다. 마침 주명 누나도 자신을 거부했으니 거리낄 것이 없었다. 현기는 이제 와 생각하면 썸이 아니었나 싶었던 초딩시절 여사친을 생각했다. 현기와 1학년 때 같은 반 짝꿍으로 항상 붙어 다녔던

조경아라는 아이였다. 경아는 5학년 때도 현기와 같은 반이 되었지만 그때의 현기는 키도 경아보다 작았던 데다 아버지의 일로 항상 진지하고 무거운 모습이었다.

자연스럽게 현기를 향한 경아의 관심은 식었고 둘은 다시 친해지지 못했다. 현기의 기억이 맞다면 고등학생 때 갑자기 궁금해져서 찾아들어가본 경아의 미니홈피 속 사진은 정말 예뻤다.

'왜 어렸을 때는 몰랐을까! 그래 경아라면 내 초등학교 여자친구로 딱 어울리지.'

현기는 우유급식 통을 쌓아두는 창고로 경아를 불러내 애인이 있는지 단도직입적으로 물었다. 경아는 지난 수학여행 때 이미 애인을 만들었다며 난색을 표했다. 하지만 경아도 아쉽기는 한 모양이었다. 지금의 애인을 한 달 정도만 더 만나고 갈아타면 안되는지 되물었다. 어른이 하는 아이의 연애라 비교적 가볍게 생각하는 듯 했다. 하지만 학생 시절 한 번도 여자친구를 사귀지 못했던 현기에게는 아무리 초등학생 연애라도 무게감이 느껴졌다. 이렇게 가볍게 만나고 또 갈아탈 수는 없었다. 그건 안 되겠다며 제안을 거절하는 바로 그 순간 경아가 기습적으로 현기에게 키스를 했다. 실제 초등학생에게 이런 일이 벌어졌다면 엄청 큰일이었겠지만 이들의 정신은 40대 중반이었으므로 이 사건은 해프닝처럼 지나갔다. 현기는 이것도 전에 없었던 경험을 한 것이니 목표를 달성한 셈이 아닌가 하며 노트에 체크 표시를 했다.

여름방학이 시작된 이후에도 현기의 버킷리스트 실행은 계속되었다. 현기는 이 방학을 최대한 활용하고 싶었다. 어렸을 때는 방학의 존재를 너무나도 당연하게 생각했다. 그러다 대학교 4학년 때 조기취업을 하는 순간 '아, 내 인생에 더 이상 방학은 없겠구나' 싶어 서글퍼했다. 현기는 다시 찾아온 이 기적 같은 방학을 최대한 활용하겠다고 다짐했다. 어린이의 몸으로 다시 키즈카페 즐기기, 방학 숙제 안 밀리고 미리 하기, 단소 운지법 마스터하기, 곧 판매 금지되는 불량식품 먹기 등 버킷리스트라고 부르기에는 스케일이 작지만 현재의 시점이 아니면 못 하는 것들이었다. 그때도 이 순간들을 즐길 줄 알았다면 좋앉을 텐데….

현기가 과거를 아쉬워하는 그 순간 먼 훗날 벌어질 몇몇 장면들이 머릿속에 떠올랐다. 처음으로 중학교 교복을 입었을 때의 설렘, 비 오는 날 우산을 쓰고 등교하던 때의 찝찝함, 수능장에서 도시락을 꺼내 먹을 때의 복잡한 기분, 훈련소에서 느낀 차가운 새벽 공기, 결혼식 전날 주명 누나와의 답답했던 말다툼, 진호가 아파 응급실에 데려간 뒤에 걱정을 하며 율무차를 마셨던 것, 회사 일이 바빴던 시기의 귀찮았던 이삿날, 처음으로 진호를 혼내고 착잡했던 밤… 좋았던 시기뿐만 아니라 결코 좋아하지 않았던 분위기들까지도 전부 그리워졌다.

결국 추억이라 생각했던 모든 것은 사소하게 스쳐 지나가는 일상들이었다. 이제야 알았다. 현기는 매 순간을 소중히 여기는 이런 마음이 진정으로 현재를 즐기는 법이 아닐까 생각했다.

★

이번에는 젊은 외국인들이 주명의 집에 찾아왔다. 미래에 유명 패션브랜드 임원이 되는 사람들이었다. 그들은 저작권법이 개정되었을 때 주명이 만든 캐릭터를 사용하는 것을 미리 허락해주면 미래원화 가치로 계약금을 주겠다는 제안을 해왔다. 성사가 되면 한동안 돈 걱정 없이 미래를 준비할 수 있을 것이기에 주명은 기뻤다. 앞으로 10년을 보낼 정도의 먹거리가 주명의 인생 플랜에 그려졌다.

이윽고 주명의 망상 타임이 시작되었다. 커리어적으로 급한 불이 꺼지니 다른 생각들이 나기 시작한 것이었다. 이번 생은 얼마나 달라질까? 혼자 사는 인생도 상상해보았지만 주명은 가정을 꾸리고 싶긴했다. 그렇다면 나의 새로운 배우자는 누구로 고를 것인가? 막상 상상하려니 별다른 인물이 떠오르지 않았다. 가수, 배우 같은 직종과는 다르게 만화가는 유명해진다고 해서 삶의 패턴이 달라지지 않는다. 대부분의 시간을 집에서 작업을 하며 보내게 되겠지. 물론 생활비 신경을 덜 쓰고 어시스턴트도 고용할 수 있는 등 여러모로 전보다는 나은 일상을 보내게 될 것이다. 그럼에도 삶의 근본은 달라지지 않는다.

주명은 수십 년 만의 신작이자 이전의 역사에서

연재했던 만화의 리메이크 버전을 구상하고 있었다. 그 작품은 공교롭게도 타임슬립이 소재였다. 주명은 만화를 구상할 때 비슷한 아이디어의 다른 작품들은 어떻게 연출했는지 꼭 확인했었다. 아무리 이야기의 전개에 차이가 있더라도 표현적인 부분에서 다른 작품과 비슷하다면 꼭 비교가 되기 때문에 이를 피해 가려는 목적이었다. 그 덕분인지 당시 주명의 작품 속 타임슬립 장면은 시각적으로 독특하다는 평을 받았다. 그에 비해 진짜 타임슬립의 순간은 매우 심플했지만.

주명은 전 세계적으로 일어난 이 실제 사건이 만화 속 상황이었다면 어땠을까 생각했다. 타입슬립 장르는 주인공 혼자 미래를 알고 과거로 가 정보의 차이를 이용해 부나 사랑, 생명 등을 얻는 것으로 재미를 준다. 아무래도 전 인류가 과거로 가는 것은 이런 통쾌함을 줄 수 없으니 만화의 소재로는 어울리지 않았다. 하지만 그런데도 작품화가 된다면? 그리고 주명 자신이 주인공이라면? 다른 직업을 얻고 다른 사람을 만나고 만족스럽게 살지만 그 끝에서 이전에 했던 선택이 더 좋았다며 후회하는 장면이 떠올랐다. 그런데 그 후회도 결국 다른 인생을 살아 봤기 때문에 할 수 있는 것이 아닌가. 머릿속이 복잡했다. 주명은 갑자기 시간여행 영화가 보고 싶어졌다. 레퍼런스 조사라는 핑계였다. 구독형 서비스가 아직 없는 이 시대, 선택형으로 원하는 시간에 영화를 볼 방법은 비디오 대여점밖에 없었다.

대여점 안으로 들어가니 주인아저씨가 지상파 TV방송에서 방영하는 애니메이션을 녹화하고 있었다. 주명이 물었다.

"이거 나중에 OTT에 고화질로 다 풀리는데 왜 굳이 복사하세요?"

"그건 비디오판 더빙이었어요. 저는 TV판 더빙으로 소장하고 싶어서요. 아무래도 이쪽이 성우진이 좋은데 몇 년 뒤에 방송국에 불이 나는 바람에 이 만화 더빙 테이프들이 유실되거든요."

이해가 가면서도 가지 않았다.

"방송국 관계자도 타임슬립 했을 텐데 불을 안 내지 않을까요?"

"그럴 수도 있겠네요. 그래도 취미 삼아 하는 거

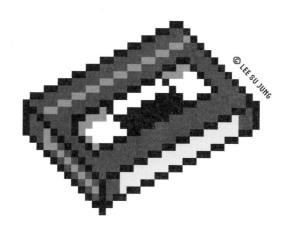

© LEE SU JUNG

예요. 제가 만화 영화 콜렉터라서."

주명은 비디오 대여점 주인아저씨의 얼굴을 골똘히 살폈다. 어디서 본 것 같았다.

"혹시 박정찬 감독님?"

아저씨가 수줍게 웃었다. 박정찬 감독. 비디오 대여점을 운영하다가 애니메이션 감독이 되고 훗날 실사영화감독으로 성공하는 신화를 썼던 그 사람이었다. 주명은 박 감독이 해외영화제에서 수상 후에 했던 뉴스 인터뷰를 봤기에 얼굴을 확실히 기억하고 있었다. 최근작들은 그리 좋은 평을 받지는 못했지만 초기작들은 정말 유명했다.

"아직도 비디오 가게를 하세요? 아무리 나라에서 원래의 2000년처럼 살라고 했어도 감독님 정도면 제작사들이 먼저 연락해오지 않나요?"

"그랬죠. 그런데 지금 상황에서 영화를 찍으면 전이랑 똑같지 않겠어요? OTT가 원래 역사보다 빨리 나오면 어차피 대여점 더 못 할 텐데 그때까지만이라도 취미생활 하면서 버티려고요."

주명이 고개를 끄덕였다. 만화가의 커리어를 제대로 쌓지 못했던 본인과 수많은 영화제 수상작들을 만들어낸 박 감독이 타임슬립을 대하는 입장이 다른 건 당연했다. 이제 영화가 싫어진 것일까? 아니면 다른 직업을 하고 싶은 건가 궁금했다.

"하긴 그렇네요. 그래서 저도 이번 인생은 좀 다르게 살아볼 생각이에요. 예전엔 하지 않았던 선택들을 하고 있어요. 근데 그럼 영화는 더 안 하실 생각이신가요?"

주명의 질문에 박 감독이 머리를 긁적였다.

"제 말의 의미가 잘못 전달이 됐네요. 저는 더 잘하고 싶기 때문에 지금 당장은 작품활동을 하지 않겠다는 거예요. 사실 제 최근 영화들 평가가 안 좋았잖아요? 나이도 먹었고, 사람들도 추켜세워주니까 관성대로 영화를 만들고 있었던 거죠. 분명 예전엔 이러지 않았는데….

얼마 전에 이 공간에서 다시 눈을 떴을 때 느꼈어요. 제가 왜 영화와 애니메이션을 만들고 싶었었는지. 원래 저는 여기에 있는 수많은 명작을 보면서 자극을 받았던 거죠. 그래서 열정 에너지를 키우기 위해 그 시절과 똑같이 이 대여점에 붙어 있을 겁니다."

"이미 영화로 성공한 삶을 사셨는데 지겹지는 않

은 건가요?"

"더 잘할 수 있으니까요. 솔직히 저 혼자서만 타임슬립 한 거였다면 당장에 아파트 사고, 몇 년 뒤에 비트코인 사고 뭐 그랬겠죠. 그런데 실제로는 아니잖아요? 마치 모두가 세상의 주인공이다 같은 느낌으로 다 같이 과거로 와버렸어요. 사람들은 이런 타임슬립이 무슨 의미가 있냐 하는데 손님도 그렇게 생각하세요?"

"두 번째 기회라는 의미가 있죠. 다른 것을 해볼 수 있는… 다른 사람을 만날 수 있는… 안 해본 것을 해볼 수 있는… 그런 기회 같아요."

"그렇게 생각하실 수도 있겠네요. 세상일에 정답은 없으니까. 하지만 제 생각에 이건 안 해봤던 다른 것을 해볼 기회보다는, 했던 일을 또다시 해보기에 좋은 기회예요. 사람 성향은 안 바뀝니다. 저는 원래의 인생에서도 만화와 영화를 좋아할 수밖에 없는 사람이었고 지금도 마찬가지입니다. 저는 이 타임슬립이 그 좋아하던 것들을 더 잘 좋아할 수 있게 해주는 선물인 것 같아요. 뭐 어떤 의미에서는 이것도 두 번째 기회이긴 하네요."

150

머리를 한 대 맞은 것 같았다. 주명은 생각해본 적 없는 접근 방식이었다. 왜 굳이 두 번째 인생을 사는데 전에 했던 것과 같은 것을 한단 말인가.

"손님은 미래에 어떤 직업이셨나요?"

"저는 만화가였어요."

"저랑 비슷한 일이었군요. 웹툰을 그리셨나요? 아니면….."

"잡지만화였습니다."

박 감독은 흥미롭다는 듯 주명을 바라보았다.

"그럼 혹시 원래의 역사에서 발표하셨던 만화를 다시 연재하실 건가요?"

"당연하죠. 제 IP인데… 지금 세상에는 아직 나오지 않은 작품이니 다시 그리긴 할 거예요."

"전이랑 똑같이 그리실 거예요?"

"내용은 비슷하더라도 더 잘 그려야겠죠?"

당연하다는 듯이 답하는 주명을 보며 박 감독이 피식 웃었다.

"거 봐요. 하물며 만화도 그런데 인생은 오죽할까요."

주명은 뒤늦게 박 감독의 의도를 알아챘다. 전과

똑같이 대신 더 낮게 보내는 삶이라… 주명의 망상하는 버릇이 또다시 발동되었다. 만약 학교로 돌아간다면 수업을 열심히 들을까? 그러진 않을 것이다. 대신 공부가 답답해서 만화를 탈출구로 삼을 것이고, 수업 시간에 집중하지 않고 그리는 낙서들은 실력향상에 밑거름이 되겠지. 생각해 보면 학생 시절의 주명은 실력향상만을 위한 연습은 따로 하지 않았었다. 그저 재밌게 다양한 습작을 만들었을 뿐이었다. 그 시절엔 만화를 일로 생각하지 않았기에 오히려 비교적 빠른 나이에 만화가가 될 수 있던 것이었다. 하지만 그랬기 때문에 늦게 시작한 사람들보다 간절함이 부족했고 만화가의 길도 쉽게 포기했던 거였을까?

다시 그 상황이 오면 끝까지 버티리라. 현기는 늘 주명이 무엇을 하더라도 괜찮다고 했다. 다음 작품의 연재를 위한 기한없는 원고를 집에서 끄적이고 있어도 현기는 계속 응원해줬을 것이다. 그런데 대체 왜 포기했던 거였을까. 주명의 마음속에서 아쉬움이 점점 커졌다. 곧이어 현기를 향해서도 고마운 감정이 새삼스레 밀려 나왔다.

'내가 더 좋은 사람이 되었다면, 우리는 더 좋은 가족이 될 수 있었을 텐데….'

테이프가 다 돌아서 자동으로 되감기가 되었다. 주명은 영화에 집중하지 못했다. 재미없어서가 아니었다. 박 감독이 했던 이야기, 정확히는 그 메시지가 주명에게 와닿았다. 주명이 타임슬립 만화를 연재할 때도 분명히 매 순간을 소중히 여기는 마음이 중요하다는 의도를 담았었다. 분명 주명 자신이 이미 아는 주제라고 생각했다. 하지만 머리로만 알았을 뿐 그 마음가짐대로 살지 않았다.

이렇게 체감을 하고 나서야 자신이 그렸던 만화의 인물들 감정이 주명의 마음 안으로 들어왔다. 그 옛날 연재 당시에는 그림체에 각별히 신경 썼다. 하지만 그 만화가 인기가 없던 이유는 그림 실력 때문이 아니었다. 주인공들의 마음이 독자들로부터 지지받지 못해서였다. 그동안 주명이 피해왔던 불편한 진실이었다.

'이번에는 캐릭터의 내면도 자연스럽게 그려낼 수 있을 것 같다.'

주명은 다시 펜을 들었다.

★

같은 시각 현기는 사촌형네 집에서 머물고 있었다. 방학이 되면 며칠씩 친척집에서 지내곤 했는데 현기가 결혼한 이후부터는 여러 가지 이유에서 불가능했다. 재미있는 상황이었다. 원래 버킷리스트는 전에 해보지 못했던 아쉬운 일들을 위한 것이었으나 결국에는 '예전에는 했으나 지금은 하지 못하는 것들'을 다시 즐기고 있었다. 사촌형의 집에 들어갔을 때 시츄 한 마리가 현기에게 달려와 안겼다.

"얘가 뽀롱이였나?"

"장군이. 뽀롱이는 장군이 떠나고 나서 키웠지."

"똑같은 시츄여서 헷갈렸네."

"새삼 신기하다. 너도 뽀롱이 기억하는구나."

사촌형은 감탄하며 현기의 등을 두드렸다. 공통된 기억을 가지고 있을 경우 유대감을 느끼는 것은 당연했다. 하지만 앞으로 일어날 일에 대해 이런 감정이 생기는 것은 특별하게 느껴졌다. 미래에 대한 추억을 나눌 사람은 과거의 인연들이었다. 그렇게 생각하니 다시금 주명을 만나고 싶어졌다. 그냥 쿨하게 보내줄 수 있는 사람이 아니었다.

'최소한 주기적으로 보자고 얘기해볼까?'

주명이 아니면 누구하고 진호에 대한 이야기를 나눌 것인가. 이성적인 관계를 떠나고도 주명은 현기 인생에서 가장 중요한 사람이었다.

불안감도 생겼다. 주명의 입장에서 지금이 너무 행복하기 때문에 거절당하면 어떡하지? 현기는 빽퓨 신자라도 되고 싶은 심정이었다. 이기적인 생각이겠지만 그렇게라도 미래로 돌아가고 싶었다. 어차피 과거에서 하고자 하는 것들은 다 이뤘다. 하지만 이것들은 인생에서의 사소한 아쉬움이었을 뿐 결국 중요한 것은 아니었다. 미래로 돌아가고 싶다! 그때였다. 현기의 전신에 힘이 들어갔고 이내 몽롱해졌다. 그는 마치 수면마취에 빠지는 기분을 느꼈다.

다시 시야가 밝아졌다. 현기가 서 있는 곳은 테라스였다. 현기는 순간 놀라서 들고 있던 머그컵을 놓칠 뻔했다. 2032년으로 돌아왔다! 다행이다…. 현기는 빽퓨 신자들의 말이 이루어진 건가 생각했다. 그렇다면 그들이 말한 백 투 더 퓨처 챌린지가 성공한 건가? 근데 뭐에 대한 챌린지였지? 내가 방금 무슨 생각을 했더라? 기억은 너무나도 빠르고 자연스럽게 휘발되었다. 이 사건의 진상을 아는 일반인들은 아무도 없었다. 알더라도 무슨 일이 있었는지 기억할 수 있는 사람은 존재할 수 없었다. 일반적으로 수면 중 실제로 꿈을 꾸는 시간에 비해 꿈속 사건이 더 길다. 그래서 잠에서 깨고 나면 곧 그 기억이 사라져버린다.

몇 분간의 꿈도 이럴진대 이 가상의 타임슬립은 현실 세계에서는 1초도 되지 않는 찰나의 순간에 각자의 머릿속에서 벌어진 일이었다. 당연히 가상 세계에서 보낸 몇 개월은 꿈보다도 더욱 쉽게 잊힐 기억이었다. 실제로 대부분의 사람들은 정신을 차리자마자 가상의 2000년에서 보냈던 시간들을 잊었다. 무언가 큰 사건이 있었던 것 같은 찜찜한 느낌을 가슴 속에 남긴 채….

4

리부트 워

제1차 리부트 워는 공룡인간(인간이 자신들과의 구분을 위해 나중에 붙인 명칭)과 포유류인간의 싸움이었다. 애초에 지구의 첫 번째 문명인은 공룡이 진화한 공룡인간들이었다. 하지만 과거로의 시간여행을 잘못했던 한 명의 공룡인간 때문에 지구의 역사가 달라졌다. 공룡들은 멸종했으며 대신 포유류가 번성했다. 사건을 일으킨 당사자는 자신이 실수를 일으키기 전으로 돌아가 멸종을 막으려 했으나 시간관리국에 의해 저지되었다.

만약 그자의 시도를 막지 못했다면 사피엔스의

역사는 존재 자체가 없어졌을 것이다. 당시 공룡인간을 체포한 명분은 '기준역사를 바꾸려 했다는 것'이었다. 시간관리국이 알아낸 바에 따르면 멀티버스는 없다. 있어도 왕래는 불가능하다. 시간이동을 통해 역사가 달라질 경우 그 변동된 역사가 덮어써지며 그 시점 이후 원래 벌어졌어야 할 일들은 소멸된다.

미래의 사람들은 자신의 운명이 달라졌음을 모른 채 존재 자체가 사라진다. 따라서 시간관리국은 특정 타임라인을 기준역사로 설정했고 이 역사에서 벗어나지 않기 위해 여러 시대에 요원들을 파견했다. 이들이 세운 기준역사는 '공룡인간이 시간여행 도중 실수를 해 진화의 씨앗이 되는 선조공룡이 멸종하고 결국 인간시대가 오게 되는 것'이었다. 공룡문명이 먼저 자리를 잡았다는 사실은 기준역사를 지켜야 한다는 미래인간들이 세운 규칙에 밀렸다. 지금은 정반대의 상황이다. 기준역사에서 지구의 문명은 자연스럽게 사라지며 화성의 문명이 은하계의 대표가 되어야 한다. 누군가 인간 역사를 바꿔 지구의 문명이 연장된다면 그것은 시간 범죄다.

"쉽게 말해서 원래는 지구인이 테니스 코트를 오 전까지만 쓰고 빠져줘야 하는데 지구인 직원이 편법으로 연장을 해버리는 바람에 화성인들이 코트에 진입조차 못하는 상황인 것이죠."

"내 수준에 맞게 설명해줘서 고맙네…."

화성의 테니스공이 이 사태를 쉽게 비유해주자 서주가 머리를 긁적였다.

"이해를 잘 못하시는 것 같아서요. 제 임기응변입니다."

그러자 이번엔 미느세브 쪽이 질문을 했다.

"시간 범죄라고는 하지만 그 범죄자 역시 지구인 인데 그렇게 되면 인간의 역사 자체적으로 해결한 셈 아니야?"

관리팀인 미느세브 역시 지구인이기에 내심 인간의 역사를 변호하고 싶었다. 화성의 테니스공은 자신의 색을 빨갛게 바꾸어 분노 표현을 했다. 사실 진짜로 분노했다기보다는 일종의 추임새였다.

"당신들은 저번 리부트 워에서 자신의 실수를 바로잡기 위해 노력하던 공룡인간을 강제구속하지 않았나요? 내로남불 하면 안 되죠."

"내로남불이 뭐야?"

혀느세브가 물었다. 이 질문의 답은 서주는 알지
만 시간관리자들은 모르는 거의 유일한 정보였다.
서주는 간만에 생긴 발언기회에 입을 열었다.

"그건 말이죠. 제 시대—"

"내가 하면 로맨스, 남이 하면 불륜.을 줄인 말입
니다."

하지만 이 대답조차 화성의 테니스공이 더 빨랐다.

"아. 그러네. 일리가 있어."

미느세브는 빠르게 수긍했다.

이제 화성의 테니스공과 모든 합의가 끝났다. 테
니스공은 지구의 시간관리국을 도와 반란을 제압할
것이다. 사건이 수습되면 자연스럽게 미래가 복구되
어 먼 훗날 화성인들이 태어나게 되는 일종의 윈윈
계약이었다. 일반적인 지구인의 시각에서 보면 한서
주, 미느세브, 혀느세브야말로 인류의 배신자였다.
지구가 망하고 화성이 흥하는 상황을 완성하는 것
은 이들이니까. 하지만 '기준역사는 신성하다'는 시
간관리국의 다짐을 이행하는 이 세 인물이야말로

시간의 틈을 관리하기에 적확한 사고방식을 갖춘 사
람들이었다. 뭐 그래서 테러범들의 작전에서 배제된
것이겠지만.

"시간의 틈 문을 이용하면 안 됩니다. 문이 닫혀
있는 상태에서 제압해야 해요. 타임헤르메스로 시간
이동 하시죠."

테니스공의 말을 들은 서주가 타임헤르메스를 들
어 올렸다.

"화성 테니스공? 뭐라고 부르면 되나?"

"원래 이름은 지구인이 발음하기는 좀 어렵고
음… 나이 차이도 많이 나는데 그냥 아무렇게나 불
러요. 개인적으로는 쿨한 느낌이었으면 좋겠어요."

"들려줘봐. 최대한 음차 맞춰서 발음할게."

"전 $\Delta ov\gamma\Gamma\theta\rho\alpha\mu\mu$이라고 해요."

"어렵네. 못 하겠다. 가만있자… 테니스. 공…
볼… 볼 테니스… 볼텍스 어때?"

"뜬금없는데 강해 보이네요. 좋아요."

볼텍스의 형태가 변형되더니 서주가 차고 있던
타임헤르메스와 결합했다. 잠시 괴상한 소음을 내다

가 이내 타임헤르메스와 분리되며 서주의 몸을 감싸는 갑옷이 되었다. 미느세브가 감탄했다.

"오, 히어로물 같아."

"제 임기응변이죠."

"그럼 디자인은 볼텍스가 한 건가? 저작권에는 문제없는 거야?"

혀느세브도 궁금한 것이 많은 듯했다. 그러자 한서주의 헬멧에서 볼텍스의 음성이 들렸다.

"어차피 님들 수명이 남은 동안은 기술제휴를 하기로 했으니 사건이 정리되면 말씀드리죠."

"뭐가 그렇게 급해?"

"적들은 플래시백을 전 세계 사람들에게 사용하고 있어요. 측정이 어려운 짧은 시간이지만 이 순간을 기억하는 사람이 나올지도 모릅니다."

"까먹겠지. 뭐. 우리도 시간범죄자 적발하려고 플래시백 쓸 때 기억 하나도 안 날까 봐 카메라로 찍어서 오잖아."

"체감시간이 길어서 그래요. 실제 플래시백을 하는 시간이랑 과거를 시뮬레이션하는 시간이 다르다 보니 각자의 무의식 속에 2032년에는 생각해서는 안 되는 아이디어가 각인될 수 있어요. 그러면 역사가 또 바뀔 텐데요. 괜찮겠어요?"

미느세브가 쭈뼛거리다 손을 들었다.

"질문이 너무 많아서… 미안한데 하나만 더….

"하세요."

"애초에 과거로 가서 미리 막으면 되지 않아? 너 정도면 가능할 텐데."

볼텍스가 서주의 스피커를 통해 한심하다는 듯한 말투로 답했다.

"아쉽게도 제가 만들어졌을 때의 윤리상 아직 벌어지지 않은 일은 처벌이 불가능해요. 그래서 수습이 가능하면서도 범죄를 저지르려는 그 시점에 현행범으로 체포해야 하는 거죠. 그게 지금이구요."

미느세브가 더 이상 묻지 않겠다는 느낌으로 시선을 돌렸다.

"응. 빨리 출발해."

볼텍스는 2032년에 있는 모든 시간관리국 기준 역사 서버실의 좌표를 체크했다. 그리고 1초도 안 되는 짧은 시간, 전 세계 시간관리국 개방회로 텔레

비전에 몇 프레임씩 서주의 모습이 포착되었다. 매우 빠르게 이동해 여러 공간에 동시에 있는 것처럼 착각하게 만드는 착시효과가 아니었다. 문자 그대로 시간과 공간을 무시한 채 중첩상태로 존재하는 현상이었다.

지구 시간관리국에서 볼텍스가 사용한 이 기술을 비슷하게라도 재현하려면 수백 번의 시간 이동이 필요했다. 게다가 그만큼 사용자 자체의 시간은 흘러가버려 이를 실행한 요원에게 조로증이 온다. 그런데 지금의 서주는 단 한 번의 시간 이동으로 여러 공간에 존재하는 것이니 지구의 방식과는 차원이 다른 레벨의 기술이었다.

"찾았습니다. 범인의 현재 위치는 대한민국 지부 서버실입니다."

서주가 서버실을 바라보자 시간의 틈에도 화면이 송출되었다. 정상적인 카메라라면 서주의 모든 움직임이 리얼타임으로는 1초도 안 되는 짧은 시간이기 때문에 화면에서는 정지상태로 보여야겠지만 지금은 볼텍스와 시간의 틈 메인 컴퓨터의 싱크가 맞은 상태라 서주가 움직이는 대로 모니터에 그 움직임이 즉시 반영되었다. 다만 미느세브와 혀느세브의 눈에 서주를 제외한 다른 이들은 여전히 정지해 있는 것처럼 보였다.

박여진이 플래시백 시뮬레이션 버튼을 누르고 있었고, 다국적의 시간관리국 21세기 얼리 요원들이 마치 종교의식을 하듯 눈을 감고 서 있었다. 그리고 그 한가운데 뜬금없이 백인 꼬마가 팔짱을 끼고 있는 것이 보였다.

"얜 누구지?"

"확인해볼게."

미느세브가 아이의 데이터를 검색해 기준역사와 대조했다.

"루이스 코나드. 2032년 5월 20일생. 신생아 치고는 덩치가 크네."

혀느세브가 미느세브의 말에 태클을 걸었다.

"미래에서 온 거겠지."

"유머였어. 뭐 아무튼 코드 보니까 21세기 레이트 벨기에 지부 현장팀 요원이야. 이거 21세기 얼리만 엮인 게 아닌 거 같네."

"더 늦기 전에 바로 꺼야겠어요."

한서주가 서버의 전원을 차단하자 볼텍스가 시간의 틈 메인 컴퓨터의 체감시간을 다시 정속으로 돌렸다. 정신을 차린 요원들은 서주를 보더니 기겁을 했다. 그리고 이내 체념했다. 플래시백 상태에서의 작업이 다 끝나기 전에 전원이 꺼졌다는 것은 더 먼 미래의 진보된 기술을 가진 존재가 개입했다는 뜻이니까.

"현장에 있는 21세기 얼리 요원 전부. 그리고 21세기 레이트 담당의 루이스 코나드 요원. 현 시간부로 요원 자격을 박탈하고 플래시백을 사용한 시간테러 현행범으로 체포합니다. 또한 루이스 코나드 씨는 불법 기억이동과 미허가 시간이동에 대한 혐의도 가지고 있음을 고지합니다."

사건의 전말은 이랬다. 21세기 레이트 담당 벨기에 지부 현장팀인 루이스 코나드는 '22세기에 태어나 21세기 말로 파견을 온 조사팀 직원'에게 미래 지구인들의 우주 진출 실패에 대한 정보를 들었다. 아무리 시간관리국 요원이라도 인류가 절멸하는 역사를 이대로 둘 수는 없었다. 코나드 요원은 지구인으로서의 사명을 다하기 위해 어느 정도 언어를 구사할 수 있으면서 최대한 어렸던 세 살 시절로 자신의 기억을 옮겼다. 그리고 곧바로 21세기 얼리 요원들을 포섭했다. 이들 역시 기준역사는 지켜야 한다고 생각했지만 그것도 인간이 없으면 소용없다는 말에 동의했다. 하지만 실제 역사 속에서 관리팀의 감시 시스템을 속일 수는 없었다.

우회할 방법이 필요했다. 이때 플래시백을 담당하는 박여진이 아이디어를 냈다. 가상의 시공간에서 필요한 만큼 충분히 우주 항해 기술을 연구한 뒤 21세기가 종료되는 마지막 순간, 22세기에서 파견 온 조사팀 직원에게 연구의 결과를 전달하면 시스템에 들키지 않으면서 인류가 자멸하기 전에 대우주 시대로 나아갈 수 있을 거라는 의견이었다. 이번 시도에서 그 해답이 나오지 않더라도 각 세대의 요원들이 유사한 작업들을 반복하면 지구 과학력은 반드시 이전보다 발전한다.

물리적으로도 충분히 가능한 아이디어였기에 루이스 코나드는 이 의견을 채택했다. 그는 여기서 다시 관리팀의 감시망을 피하기 위해서 자신이 태어난 순간으로 시간이동을 했고 동료요원들의 기억도 그 시간대로 옮겼다. 시간관리국 3개 세대가 연합한 이 비밀작전은 은밀하게 성공할 운명이었다. 그런데 화성에서 온 테니스공이 그 운명을 바꿔버릴 줄이야….

코나드는 차원감옥으로 이송되는 중에 자신을 감시하러 온 서주를 비난했다.

"넌 왜 뒷세대를 생각하지 않는 거지? 인류멸망은 어차피 네가 죽고 난 후, 먼 미래의 일이라 상관없다는 거야?"

볼텍스를 장착했기 때문일까. 지금 서주의 사고방식으로는 이해할 수 없는 지적이었다. 코나드의 말은 너무나도 인간중심적인 생각이었다.

"그니까. 넌 왜 뒷세대를 생각하지 않는 거야?"

"무슨 소리야?"

"아니다. 네 보안등급으로는 평생 모를 거야."

일개 현장팀 요원이지만 누구보다 지구의 미래를 잘 알고 있는 서주는 일부러 의미심장한 말을 남기고 자리를 떠났다.

"잘난 척 타임은 끝났어?"

어느새 서주를 친근하게 대하고 있는 관리팀의 미느세브에게 호출이 왔다.

"예. 현장팀인 제가 이런 대사를 다 해보네요. 근데 무슨 일인가요?"

"그리니치 표준시 2019년 3월 5일 13시 02분 기준으로 가상화폐 시세가 우리가 기록해놓은 정보랑 달라졌는데 그 시간으로 이동해서 원인 좀 찾아줘. 아! 2019년에는 아직 과거의 현장팀이 존재하니까 안 들키게 조심하고!"

"알겠습니다. 볼텍스, 들었지?"

서주가 차고 있던 타임헤르메스가 깜빡거렸다.

"세팅완료. 이동만 하면 됩니다."

"그런데 네가 이렇게 우리 도와주는 것도 어떻게 보면 역사에 개입하는 거 아니야?"

"맞아요. 하지만 제 입장에서 지구 문명은 화성 문명이 나오기 한참 전에 멸망하니까 그 조건만 지켜진다면 자기들끼리 역사가 어떻게 바뀌든 상관없어요. 굵직한 흐름이 유지되는 게 가장 중요한 거죠. 그리고 당신들은 시간관리국이잖아요. 오히려 적극적으로 도와주는 쪽이 뭐가 바뀌지 않는 방향이죠."

서주는 볼텍스의 말에서 기계의 차가움을 느꼈다.

"암만 그래도 나도 지구 인간인데 너무하네."

"앞으론 말조심 하겠습니다. 그럼 출발합니다!"

이제 서주는 21세기 지구 전체를 담당하는 유일한 현장팀 요원이 되었다. 볼텍스 덕분에 모든 시간과 장소에 있는 것이 가능해진 덕분이었다. 혼자임에도 외롭지는 않았다. 쫑알쫑알 시끄러운 테니스공 볼텍스와 늘 빵빵 터지는 유머를 구사하는 유쾌한 미느세브, 그리고 센스 넘치는 혀느세브가 함께하니까.

에필로그

여유가 생긴 현기는 처음으로 초등학교 동창회에 참석했다. 오래간만에 보는 순성과 종현이었지만 그 공백이 느껴지지 않을만큼 친근하게 느껴졌다. 순성이 자신의 동생에게 메시지를 보내며 말했다.

"나 요즘 감성 이상해졌어. 며칠 전에는 괜히 잘 커준 게 고맙다고 한번 껴안았다니까."

현기도 모르지 않는 감정이었다. 최근 들어 느낀 감성의 변화가 또래들 사이에서 자연스럽게 일어나는 거라고 생각하니 노화 때문인 것 같았다.

"그거 나이 먹어서 그래. 우리 이제 빼도 박도 못

하는 중년이야."

"휴. 언제 이렇게 됐냐. 그러고 보면 그때 우리 체육 선생님. 지금 생각하면 진짜 어린 거였어."

이들은 옛날 이야기를 떠올리며 추억팔이 하는 것만으로도 재미를 느꼈다. 현기는 술에 취한 김에 종현에게 초등학교 4학년 시절 있었던 체육부장 투표 무시 사건에 대해 사과했다. 종현은 그날을 기억하지 못했다. 현기가 운을 띄운 것을 시작으로 동창들은 각자 마음속에만 담아뒀던 말들을 꺼냈다. 지언이라는 친구는 우성이라는 친구에게 연필로 얼굴에 상처를 냈던 것을 사과했다. 순성은 휘영에게 다리를 걸어 앞니를 부러지게 한 것을 사과했다. 이 중년의 어른들은 과거에 미안했던 이야기를 하며 심리치료를 받는 듯했다.

동창들의 표정을 살피던 현기는 옆 테이블에서 자신을 쳐다보던 지태와 눈이 마주쳤다. 현기는 자리에서 일어나 지태의 옆자리로 향했다. 복수에 성공했기 때문일까 이상하게 더 이상 지태가 밉지 않았다.

"많이 늦었지만 미안했다."

지태 쪽에서 먼저 사과했다. 아마 아버지의 일에 대한 사과일 것이다.

"네 잘못도 아닌데 뭐. 잘못한 건 오 회장님이지. 물론 입사 초기에 이래라저래라 할 때는 때려주고 싶긴 했어."

현기가 맥주잔을 들자 지태가 잔을 부딪쳤다.

"요즘엔 뭐 하고 있어?"

"이 나이에 벌써부터 백수로 지낼 수는 없으니 이것저것 알아보고 있어. 대표 경력이 있으니 어딘가엔 쓰이지 않을까…."

잠시 고민하던 현기가 입을 열었다.

"뭐 아버지 빽 없이 성공하는 모습 보여주면 오성에도 돌아올 수 있지 않을까?"

"쫓겨난 마당에 무슨…."

"왜 스티브 잡스도 애플에서 내쫓겼다가 다시 돌아왔는데 뭐."

지태가 피식 웃었다.

"그럼 네가 일을 좀 많이 못해야 되는 거 아니야?"

"아니 꼭 그런 방식보다는 공동대표 이런 것도 있을 수 있고…."

현기는 예전에 어른이 된 자신과 지태가 함께 무언가를 하는 모습을 상상했던 적이 있었다. 아버지와 오회장이 신제품 아이디어를 놓고 이야기하는 것을 봤을 때의 생각이었다. 얼마 후 오 회장이 아버지를 배신하고 사이가 갈라지자 멋있어 보였던 그 모습을 아들 세대가 재현하는 것은 불가능하다고 생각했던 현기였으나 화해 분위기에 취해 혹시 이번 생에도 가능하지 않을까 싶었다. 이때 동창 중 누군가가 핸드폰에 담아온 옛 사진들을 보며 화제를 바꿨다.

"그러고 보니 오늘 생일인 애 있지 않았나?"

모두 서로의 얼굴을 쳐다보았다. 적어도 동창회장에 있는 친구는 아니었다.

"하나라고 있었지."

하나의 장례식에 갔었다던 휘영이가 답했다.

"얘기는 들었는데… 어떻게 된 거야?"

"벌써 20년이 훨씬 지났네. 하나는 그때 아마 기숙형 재수학원 다니고 있었을 거야. 그래도 생일은 다 같이 보내야 된다면서 부모님이 집에 부르신 거지. 급하게 집으로 가다 교통사고가 났대."

동창회의 분위기가 숙연해지며 잠시 추모의 자리처럼 변했다. 현기는 자신이 실제로 만난 적도 없는 하나의 부모님 얼굴을 상상했다. 얼마나 자책하셨을까. 진호를 잃은 기억 때문인지 하나보다도 하나의 부모님에게 더 마음이 갔다. 현기는 약간은 어색해진 분위기에 어찌할 바를 몰라 괜히 핸드폰을 열어 메시지 창을 둘러보았다. 그런데 즐겨찾기 메신저 칸에 진호가 로그인 상태로 있었다.

　가슴이 철렁 내려앉았다. 진호에게 메시지를 보내고 싶었다. 하지만 이미 세상을 떠난 진호가 로그인을 했을 리는 없었다. 주명이 집에 있는 데스크탑 컴퓨터를 작동시킨 것이리라. 요즘 노트북만 사용했는데 무슨 바람이 들어서 데스크탑을 켰을까? 그 컴퓨터는 현기와 주명에게 애증의 물건이었다. 컴퓨터 메신저엔 진호의 계정이 자동 로그인 설정되어 있었다. 전원을 누를 때마다 그 이름이 보이는 통에 마음이 아팠다. 하지만 아들의 얼마 남지 않은 흔적을 없앨 수도 없었다. 현기는 오래간만에 데스크탑을 켠 주명의 마음이 궁금해졌다.

순성을 택시에 태워 보내고 돌아가는 현기의 눈에 대왕카스테라 가게가 보였다. 아직도 하는 집이 있구나 싶어 자연스럽게 매대로 다가갔다. 이미 많은 손님들이 대기중이었다.

"사장님, 저도 카스테라 한 박스 주세요."

"감사합니다."

"저희 동네에는 이 가게가 안 보여서 슬펐는데 반갑네요. 아내가 진짜 좋아하거든요."

"그러시구나. 체인점 많이 없어졌을 거예요. 저도 울며 겨자 먹기로 하는 거죠 뭐."

사장이 그 말을 하는 순간에도 현기의 뒤에 새로운 손님이 줄을 섰다.

"잘 팔리는 것 같은데요?"

"이상하게 한 달쯤 전부터 손님들이 크게 늘었어요. 뭐 이슈가 있는 것도 아니었는데."

"인플루언서가 먹었나 보네요. 방송에 스치듯 나왔거나요. 대중들이 알게 모르게 그런 미묘한 암시에 영향을 많이 받는대요."

미묘한 암시라… 현기는 스스로 내뱉은 말을 되뇌었다. 자신도 그런 암시에 영향을 받은 것이 아닐까 싶을 정도로 긍정적으로 살고 있는 요즘이었다. 오성스타즈 일이 해결되어 부정적 감정이 사라진 것일까? 그러기엔 지태를 끌어내린 날, 허탈한 느낌이 더 컸었던 것 같았지만 현기는 이에 대한 고민은 그만하기로 했다. 긍정에너지가 생겼다는 것은 일단 좋은 일이며 무엇보다 카스테라가 나왔기 때문이었다.

현기는 포장된 박스를 품에 넣고 집으로 향했다. 다행히 주명이 아직 깨어 있었다. 모니터를 보며 무언가에 열중하고 있던 주명은 현기가 다가오는 것을 눈치채지 못했다. 현기는 웃으며 품속에 있던 카스테라 박스를 꺼냈다.

"짠! 당신이 좋아하는 거!"

주명은 오래간만에 활짝 웃었다. 캐릭터 판권이 팔렸을 때보다 더 입꼬리가 올라간 것 같았다.

"뭐 하고 있었어?"

현기가 주명이 만지고 있던 데스크탑의 화면을 봤다. 지금까지 현기가 보지 못했던 주명의 웹툰이었다. 새로 그린 원고라는 의미였다.

"언제부터 다시 그리기 시작한 거야?"

"그러게…. 근데 원래부터 있었던 습관 같아. 뭐

실제로 학생 땐 매일같이 그리긴 했지.”

안 그래도 주명에게 다시 작품활동을 하라고 노래를 불렀던 현기는 자신의 일처럼 기뻐했다.

“생각해보니까 하고 싶은 게 있는데 늦은 것 같다는 이유로 피해버리면 두 번 손해인 것 같더라고. 그래서 지금이라도 천천히 시작해볼까 해.”

“그래! 잘 생각했어. 늦었다고 생각했을 때가 제일 빠르다니까?”

현기는 주명을 얼싸안고 방방 뛰었다. 모니터 구석에 있는 메신저 창이 현기의 눈에 들어왔다.

“진호 계정은 어떻게 할 거야?”

“계속 놔두자.”

“앞으로 작업하려면 계속 눈에 들어올텐데…”

“지울 수 없는 일을 억지로 지울 필요는 없는 것 같아.”

주명의 성격상 메신저를 보며 고통받으니 삭제를 택할 줄 알았다. 현기는 주명이 여러모로 한 걸음 나아간 느낌을 받았다. 당연하지만 이런 성장은 주명에게만 일어난 현상이 아니었다. 이 세상 모든 사람들이 타임슬립을 겪었으니까. 어쩌면 현기가 아내의 마음을 유심히 살피게 된 것도 그 영향일지 모른다.

다음 날 아침, 요양보호사로부터 전화가 왔다. 아버지가 돌아가셨다는 소식이었다. 인생사 새옹지마라고 했던가. 현기는 어떻게 행복했던 밤이 하루도지나지 않아 이럴 수가 있나 싶었다. 물론 진호가 죽었을 때만큼의 충격은 아니었다. 어느 정도는 예상했었으니까. 아버지의 시신은 검안을 위해 병원 응급실로 이동했다고 했다. 급히 회사 일정을 조정하고 장례 절차를 밟았다.

요양보호사는 현기에게 아버지를 발견했던 상황에 대해 설명해주었다. 아버지는 즐거운 꿈을 꾸는것처럼 편안히 미소 짓는 표정이셨다고 했다. 보호사의 말은 그나마 위안이 되었다. 얼마 전에 동창회가 있었던 덕분인지 현기의 초등학교 친구들이 많이 조문을 왔다. 지태는 3일간 장례식장을 지키고운구까지 도와주었다.

아버지를 봉안당에 모신 현기는 사촌형과 함께아버지의 집을 정리했다. 오성스타즈 소속의 운전기사가 자신도 돕겠다고 했지만 현기는 이건 가족의 일이라며 거절하고는 그냥 대기시켰다. 오래된 집이라 닦아야 할 것도 많았고 버려야 할 것도 많았다.

"중고마켓에 팔 것들은 따로 빼두자."

아버지의 흔적들을 뒤로하고 쓸 만한 물건들을 따로 분류했다. 베란다 창고에선 온갖 잡동사니가 튀어나왔다.

'와 스카이 콩콩이다! 사달라고 엄청 졸랐었는데 막상 며칠 안 탔지… 아까우셨나. 검도 다닐 때 쓰던 죽도랑 목검이 아직도 있네.'

물건들을 꺼낼 때마다 그와 관련된 기억이 떠올랐다.

'아! 이건….'

현기는 잠시 움직임을 멈추고 멍하니 서있었다.

"뭐해?"

사촌형이 말을 걸 때까지 현기의 시선은 아버지의 자전거에 고정되어 있었다. 순간 현기에게 없던 기억이 떠올랐다. 자전거를 타는 아버지의 뒷모습이었다. 현기는 롤러블레이드를 타고 열심히 그 뒤를 쫓고 있었다.

분명 현기가 겪은 적이 없는, 처음 떠올리는 순간인데 뭔가 익숙했다. 이런 생각조차 현기가 언젠가 했었던 것 같았다. 데자뷔인가?… 어디를 향하고 있는지는 모르지만 페달을 밟는 아버지의 열정적인 얼굴이 상상되었다. 현기는 자전거의 안장을 닦았다. 진호의 다리에 흉터를 남겼던…. 좋은 기억만 있는 자전거는 아니었지만 집에 가져가야 할 것 같았다. 이 자전거야말로 현기에게 아버지와 아들이 있었다는 증거처럼 느껴졌다. 아버지가 계속 정비를 했는지 브레이크도 잘 먹히고 체인 역시 걸리는 것 없이 부드럽게 돌아갔다.

현기는 운전기사에게 전화를 걸어 퇴근을 지시했다. 집에 갈 때는 이 고물을 타고 갈 생각이었다. 현기가 자전거 안장의 먼지를 손으로 닦았다. 지나간 세월이 느껴졌다.

'아무래도 이건 팔 수 없을 것 같아.'

〈끝〉

작가의 말

　처음 이 작품의 컨셉을 생각했던 시기는 2009년쯤이었던 것으로 기억합니다. 타임슬립을 소재로 한 대중적인 작품이 전보다 많아지고 있었습니다. 연극영화학과 학생이었던 저는 시간여행과 관련된 여러 가지 시나리오를 쓰고 있었죠. 시간여행 장르는 SF로 풀 수 있으면서도 많은 CG를 사용하지 않고 표현할 수 있기에 '내 취향을 충족시키면서도 독립영화로 제작이 가능할 것'이라는 순진한 생각을 했습니다. 이러한 심리였기에 수많은 타임슬립물이 상업 작품으로 만들어지던 상황은 저를 초조하게 만들었습니다. 어떻게 하면 다른 작품들과 차별화할 수 있을까? 고민을 하다가 하나의 의문이 생겼습니다. '혼자만 과거로 가서 이득을 취하는 것은 공정한가?' 그렇게 생각하니 자연스럽게 '이 좋은 기적을 주인공만 사용하게 하지 말고, 아예 전 세계 사람들 모두 과거로 가버리자!' 라는 아이디어가 떠올랐습니다.

요즘은 MBTI 유행 덕분에 성향 차이라는 것이 있다는 것을 자연스럽게 인식하고 있습니다만, 당시의 저는 과거로 가는 것을 모두 좋아할 거라고 쉽게 단정지었습니다. 누구나 후회되는 일이 하나씩은 있을 테니까요. 하지만 제 아이디어에 대해 사람들과 이야기를 나눠보니 과거에서 다시 시작하는 상황을 싫어하는 경우도 많다는 것을 알게 되었습니다. 이것은 현실에서도 마찬가지 같습니다. 흔히 긍정적으로 평가받는 어떤 현상이 있더라도 각자의 나이, 상황, 성격에 따라 부정적으로 해석하는 경우가 있는 것처럼요. 저는 이러한 점을 이야기에 적용하기로 했습니다. 추가적인 설정들을 붙이니 점점 구조가 형성되었고, 하나의 세계관이 만들어졌습니다. 이후 판타지 같은 느낌을 없애고자 대규모 타임슬립이 벌어진 나름대로의 이유를 추가해주었습니다. 그런데 새로운 문제가 생겨났습니다. 저는 '전 세계인 타임슬립'이라는 배경을 평범한 인물에게 사용하고 싶었는데 세계관을 설명하려니 극의 규모가 커질 수밖에 없었습니다. 제가 익힌 시나리오 작법대로라면 이야기를 하나로 합쳐야 했습니다. 시리즈물도 아닌데 한 사건을 바탕으로 두편의 영화를 만들 수도 없었죠. 옴니버스도 고려하는 등 여러 해결책을 생각해봤지만 만족할 만한 아이디어가 나오지 않았습니다. 결국 이 설정은 외장하드라는 장독대 안에 숙성시키게 되었습니다. 그리고 오랜 시간이 지나 '시간여행'이 주제였던 SF계간지 '어션테일즈' 2호에 〈오서로 씨의 회고록〉을 기고하며 소설의 형식이라면 《다시 한번, 밀레니엄》의 이야기를 제가 원하던 방향으로 풀어볼 수 있겠다고 생각했습니다.

　기본적으로 저는 스케일이 큰 설정을 좋아하고, 이야기를 사건 위주로 진행하는 목표 지향적인 작법을 하는 편입니다. 하지만 이번 작품만큼은 큰 재난을 겪는 일반인의 일상에 대해 이야기하고 싶었습니다. 제가 시간여행 장르를 좋아하는 이유는 개인적으로도 아쉬운 과거가 많기 때문입니다. 옛날에 있었던 일을 복기하면서 '그때 이렇게 했었어야 하는데…' 같은 식의 생각에 자주 빠집니다. 그러면서 한편으로는 미래지향적인 마음으로 현재를 바꿔보고자 노력합니다. 어떻게 보면 상반된, 저의 두 가지 성향 때문에 《다시 한번, 밀레니엄》은 지금의 테마를 담을 수밖에 없었습니다. 이야기 속 주인공은 현실 속 제 상황과는 많이 다른 인물입니다. 하지만 작품 내에서 벌어진 수많은 사건은 실제로 제게 일어났던 사건 혹은 제 주변에서 일어난 일을 기반으로 했습니다. 자연스럽게 이 작품은 저에게는 심리치료와 같은 효과를 주었습니다. 무의식중에 과거의 아쉬움을 극복한 현기처럼요.

이 책의 초고를 쓰고 다른 작품을 작업하던 사이에 또 하나의 타임슬립 소재 영화가 개봉했습니다. 자연스럽게 주제와 극의 구조를 유심히 보게 되더군요. 지향점이 다른 작품이었지만 말하고자 하는 바가 같다고 생각했습니다. 이런 신작뿐만 아니라 과거의 시간여행물들도 대부분 비슷한 결론을 내립니다. 동어반복처럼 느껴짐에도 불구하고 사람들은 계속해서 타임슬립 작품을 만들고, 찾습니다. 그 이유는 결국 우리는 현재를 살아야 하기 때문이 아닐까합니다. 《다시 한번, 밀레니엄》은 제 첫 시간여행물이 아닙니다. 아마 마지막도 아닐 것입니다. 과거의 후회는 이번 작품으로 떠나보냈지만 현재는 다시 과거가 되고 새로운 후회가 남겠죠. 그때 저는, 우리는 다시 한번 시간여행을 시도할 겁니다. 타임슬립은 픽션에서만 가능하지만 그 픽션이 현실을 사는 우리의 삶에 위안을 주니까요.

이민섭

dot. 9
다시 한번, 밀레니엄

초판 1쇄 발행 2024년 3월 24일

지은이 이민섭
펴낸이 박은주
디자인 김선예, 이수정
마케팅 박동준

발행처 (주) 아작
등록 2015년 9월 9일 (제2023-000057호)
주소 07236 서울특별시 영등포구 의사당대로 38 102동 1309호
전화 02.324.3945-6 **팩스** 02.324.3947
이메일 arzaklivres@gmail.com
홈페이지 www.arzak.co.kr

ISBN 979-11-6668-809-6 04810
979-11-6668-800-3 04810 (세트)